王鼎钧 著

谈为人
rén

图书在版编目（CIP）数据

谈为人 / 王鼎钧著. — 南京：江苏凤凰文艺出版社，2018.9
ISBN 978-7-5594-0768-9

Ⅰ. ①谈… Ⅱ. ①王… Ⅲ. ①散文集－中国－当代 Ⅳ. ①I267

中国版本图书馆 CIP 数据核字(2017)第 303262 号

书　　名	谈为人
著　　者	王鼎钧
责任编辑	黄孝阳　汪　旭
出版发行	江苏凤凰文艺出版社
出版社地址	南京市中央路 165 号，邮编：210009
出版社网址	http://www.jswenyi.com
印　　刷	徐州绪权印刷有限公司
开　　本	880×1230 毫米　1/32
印　　张	8.125
字　　数	118 千字
版　　次	2018 年 9 月第 1 版　2018 年 9 月第 1 次印刷
标准书号	ISBN　978-7-5594-0768-9
定　　价	39.00 元

（江苏文艺版图书凡印刷、装订错误可随时向承印厂调换）

序

徐　学

　　这是一本写给青年的书,可作者王鼎钧今年已经整整九十三岁了。啊,你会说,比我的爷爷还要老得多! 是的,早在四十年前,王鼎钧先生在中国台湾就被尊称为"鼎公",因为他人情练达,世事洞明,因为他古道热肠,主持公道。

　　鼎公已在纽约生活了近四十年,他依然矍铄,依然运笔如飞,谈笑风生,还可以用苹果手机发 Email。

　　他并不是一个幸福的十全老人,恰恰相反,生逢乱世,长在战火中,于漂泊放逐中不惑知天命。他离乡失学,曾当过军人的俘虏,常常是宪警的目标,在家国多难的时空中,命如草芥,运若飘蓬,赤着双脚,走过了多少遍布荆棘的坎坷。

　　可是,人皆可为圣贤。他立下志向,说自己悟出的道理:人生,就是上帝教一个灵魂到世界上受苦,然后他死;然后,他受的苦,后人不必再受。

　　所以,血不能白流,流血后他仔细辨析伤口;所以,骨不能白折,折骨后他审视断裂。他不愤世嫉俗,写厚黑文章,他不粉饰登场,作心灵鸡汤。他参照研读数千年超拔苦难的《圣经》与佛经,写出言简意赅的心得告白,这炮火纷飞中的人性花朵,万

1

难磨砺后得到的莹莹结晶。

打开这本书,我们就会被这样一些句子所吸引:

"我们无法改变气候,但是我们可以锻炼体魂,"

"成功是兔的天赋加上龟的精神。"

"上帝很吝啬,他只允许一个人一生只做一件事。"

这是教我们坚持。

"人生好比戏剧,社会好比舞台,今宵由我演出,要使掌声如雷。"

"乐器上的弦要拉紧才奏得出声音来。"

"生存也是一种'排队',要努力站在前面。"

"不要怕","不要悔"

这是叫我们精进。

"首先要辨明可争与不可争,然后要争得心平气和,争得辞充气沛,争得圆融贯通,化敌为友。"

"轮船在海上受台风袭击,与其背风逃走,不如向台风中心驶进。"

这是给我们方法。

本书的文章选自鼎公的数种文集,大部分出自他的"人生三书"。"人生三书"问世已有四十年,据粗略统计在中国台湾至少有两代人百万之众读过,并登上中国台湾"四十年来影响我们至深的书籍"金榜。

今天,大陆青年面对的许多挑战,和当年中国台湾青年也颇为相似,转型期的种种不适,造成了价值观的混淆不清,因此,不单是青年需要一些教诲,包括望子成龙、望女成凤的父母,诲人不倦、乐育英才的师长,都可以在这本书里找到智慧的结晶、生动的故事,在古典的叮嘱中鼓起挑战现代人生的勇气。

是为序。

戊戌年清明

目 录

壹   1

鸡口？牛后？   3

君子之争   5

遗珠   6

取予   7

邪正   8

考证   9

运动员精神   11

老人与海   12

六字箴言   14

炎凉   16

社会责任   17

人比人   19

别人田里的庄稼好   20

看鱼   21

万鸟之灵   22

自知之明   23

1

天才	25
师旷的眼睛	26
人生如戏	27
贵庚几何	28
迎接挑战	29
才命	30
信心的力量	31
心魔	33
行为的前奏	35
非洲人的鞋子	37
恕道	38
石匠的智慧	39
甜芋泥	40
两则传说	41
现在几点钟	42
画地自限	43
路	44
手套	45
回馈	46

贰   47

   变负为正   49

   老王过年   50

   小张的遭遇   52

   记得当时年纪小   53

   饵   55

   百年之计   56

   受气   57

   忍辱仙人   58

   焦尾琴   59

   人才幼稚病   61

   得理让人   63

   一席话   64

   有用的人   66

   人缘   68

   迷僧   69

   循环   71

   从狗到人   73

   对象错误   74

   上上下下   75

老兵不死	76
求新求远	78
现代经典	80
注意差距	81
迎头堵上	83
入城问俗	85
没有代用品	86
生之意志	87
知己知彼	88
"可怜"？	89
庸人自扰	91
窗里窗外	92
高速度	94
现代金句	96
谁能当选	98
职业造人	100
无忧惧	102
心物之间	104
进一步的文明	106
一朵花	108

色难	109
本末先后	111
爱之害之	113
迷失的一代	114
挽留时间	116
人境	118
成功与成熟	119
流浪的警长	121
才能测验	123
怎样讨债	124
速朽	125
定于一	126
红与黑	128

叁 129

火车时间表的奥妙	131
半截故事	137
鸟儿、虫儿、人儿	146
我将如何	159
人生经验一席话	172

人生十四感	175
一条背带的故事	178
《弟子规》不读也罢	181
父亲的角色	184
植物与钉子	187
今天我要笑	194
唯爱为大	202
名言短讯	214
小说接着说	226
打电话	239

壹

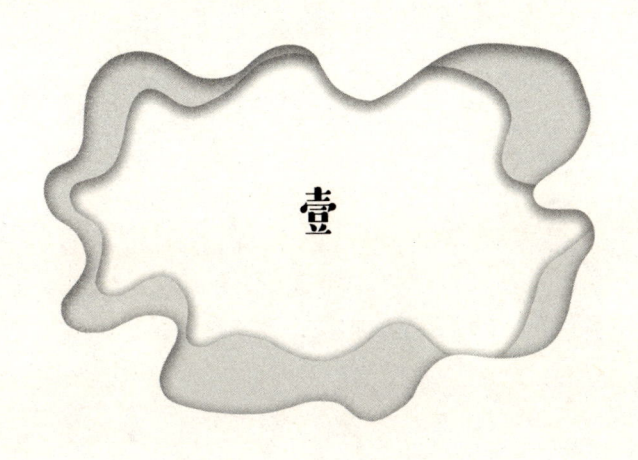

鸡口？牛后？

生存也是一种"排队"，要努力站在前面。

宁为鸡口；

勿为牛后。

这两句话有人赞成，有人反对，但是这两句话究竟是什么意思，一向很含混。

鸡口、牛后代表什么？如果有人宁愿受水准很低的人奉承，不肯向才智很高的人学习，自命"宁为鸡口"，鸡口即代表一种封闭式的逃避；当初林肯为黑奴争自由，不惜面对南北战争，但是有些黑奴在得到自由之初，觉得反而不如依附大户人家生存比较省事。这一类的"牛后"，就是依赖、不长进。

有一个家庭如此叮嘱子女："儿啊，你将来无论干哪一行，一定要在那一行最优秀、最杰出，即使你在马路旁摆摊儿卖豆浆，你也要成为那条马路上最好的一家豆浆摊儿。"

另外有一个家庭如此说："孩子，无论做什么事，即使是很小的事，都要争取主动，不要任人摆布。唯有主动才可以表现才华，也唯有主动才会尝到工作的乐趣。"

这才是鸡口。"鸡口"是美丽的,"牛后"是肮脏的;"鸡口"是敏捷的,"牛后"是迟缓的;鸡口重"质"是精华所在,牛后重"量"是剩余部分。所以……

君子之争

天助自助。

生于今世,"忍"的修养固然重要,"争"的训练也不可少。首先要辨明可争与不可争,然后要争得心平气和,争得辞充气沛,争得圆融贯通,化敌为友。

传统的处世哲学中对"忍"说得太多(我们并不厌其多),对"争"说得太少,因此许多人不知道如何通过争执来解决问题。而人生又不能无争,结果,争执的唯一作用无非是制造问题而已。很可惜,这样恐怕难以适应今后的社会。

遗 珠

永远不要说"绝望"。

赵老板运了一船鲜蚌在海上航行,阻于风浪,误了归期,满船蚌肉都腐烂了。老板见血本全部损失,急得要跳海自杀。

船长劝他:"等一等,也许你还剩下什么东西。"他率领水手清理船舱,从满船烂肉中找出一粒明珠来,它的价值足以弥补货价运费而有余。(风把砂粒吹进蚌肉,蚌把砂粒变成珍珠。)

"失败"照例会给我们留下一些宝贵的东西,比如说"经验",它比珍珠还可贵。

取 予

要手心向下,勿手心向上。

有些人是相信轮回的。他们说,鬼魂在回到世间投胎之前,先要接受一次测验:"你将来愿意常常把自己的东西送给人家,还是让人家常常送给你?"

一个鬼魂连忙回答:"我希望人家常常把东西给我。"这鬼魂投胎做人,终身行乞,靠许多乐善好施的人赈济。他当初忘了"施比受更为有福"。无论社会多么平等,即使在美国打工,伸手给小费的人总比伸手接小费的人快乐。

邪 正

分辨邪正,诉诸良知。

中国人都知道鸦片的害处,都知道有一种植物叫罂粟,它结的果实可以提炼鸦片。罂粟在结果之前先要开花,罂粟花非常漂亮。

罂粟花尽管艳丽,可是到底有几分邪气,拿来跟玫瑰或者兰花比较,立刻可以发现它是花果里面的异端,你绝不想把它供在案头或者插在瓶里。

这是一种微妙的感觉,说不清楚,但可以感觉得出来。万物之灵凭那一点灵通,可以自然分辨善恶邪正。

考 证

勤播善种;多除恶因。

某国国王虽日理万机,仍下定决心要探讨生命的意义。他要求全国学者就这个问题加以研究,提出结论。

"结论"是一本巨著。国王没有时间阅读,又要求编书的人摘述提要。学者们再三推敲,把生命的意义写成一个小册子。无如这时国王已经病危,无法阅读。"生命到底是什么?"他要求一位年老的哲学家用一句话作答。据说,这位哲学家在国王耳边轻轻地说:"生命就是:一个灵魂来到世界上受苦,然后死亡。"国王听了,溘然而逝。

生命的意义真是如此吗? 据确凿可靠的考证,这段记载遗漏了一些重要的字句。那位年老的哲学家最后向国王报告的全文是:

> 生命就是上帝派遣一个灵魂到世上来受苦,然后死亡。可是由于这个人的努力,他所受过的苦,后人不必再受。

这就对了。"人之生也,与忧患俱来",但是所有的仁人志士在撒手西归之际,世上的灾难、缺陷、危机,都比他呱呱坠地时要减少一些;有人减少了水灾,有人减少了饥饿,有人减少了小儿麻痹症,有人减少了人与人之间的仇恨隔阂……

运动员精神

更快,更远,更高。

某君练习跳高,把横栏定在一公尺的地方,跳了几次,觉得非常吃力,就把横栏降低十公分再跳。还是觉得吃力,就再把横栏降低十公分。这样,过栏容易了,他觉得轻松愉快,心满意足。

这个人究竟在那里干什么,恐怕谁也说不出来,俗语所谓:"莫名其妙",正是指这种情形。他绝不是在运动;就运动员的观点看,有了跳一百公分高的能力,就要准备跳一百零五公分,然后准备跳一百一十公分。鞭策自己,永远准备跳得更高,那才叫作"成器"。

歌剧演完第一幕,女主角突然在后台昏倒,送往医院急救。剧团的负责人在焦急之余,抱着孤注一掷的心情,问一个配角能不能代替主角上演。她一口答应,而且演唱精彩,多次赢得如雷的掌声。原来这个配角早就不停地训练自己,使自己具有担任主角的能力。主角唱的,她都会唱,主角做的,她都会做;她随时可以当主角。果然机会来了,一炮而红。机会是偶然的,她之更上层楼却是必然的,因为她不贪安逸,不怕艰难,一直在训练自己跳得更高。

老人与海

"命运"里面有许多东西该属于你，只要你不断地向它索取，一定可以到手。

"命运"是一个容易引起争论的题目。有人强调它的魔力，有人否认它的存在。我们在参与讨论之前，最好再读一遍海明威的《老人与海》。

《老人与海》描写一个经验丰富的渔人，在海上架着钓竿，抛下钓饵，漂流了几十昼夜，终于捕得一条大鱼，打破了一切渔人的纪录。这个伟大的渔翁抛出钓丝以后，水面以下，属于命运，(因为不知道什么时候有鱼上钩，也不知道上钩的鱼究竟多大。)水面以上，属于意志。(他要端坐船尾，昼夜守候，虽然极其疲劳辛苦，但他绝不中止。)

强调命运支配一切的人，无异在说渔人可以高卧舱中，任其自然；另一种完全相反的论调等于说，只要你出海，必定可以捕到一条鱼比你的船还要长。这两种说法，都不能给人生以正确的指导。唯有二者折中、调和、兼顾，庶乎近之，这就是古人说的"尽人事，听天命"。

钓鱼的季节到了,鱼塘旁边出现许多"钓者",也出现一些"观钓者",我们不知钓者能否得鱼,但是我们确知观钓者不能得鱼。

六字箴言

要知山路前,须问过来人。

三十年前,一个年轻人离开故乡,开始创造自己的前途。少小离家,云山苍苍,心里难免有几分惶恐。他动身后的第一站,是去拜访本族的族长,请求指点。

老族长正在临帖练字,他听说本族有一位后辈开始踏上人生的旅途,就随手写了三个字"不要怕",然后抬起头来,望着前来求教的年轻人说:"孩子,人生的秘诀只有六个字,今天先告诉你三个,供你半生受用。"

三十年后,这个从前的年轻人已是哀乐中年,他有了一些成就,也添了很多伤心事,归程漫漫,近乡情怯,又去拜访那位族长。

他到了族长家里,才知道老人家几年前已经去世。家人取出一个密封的封套来对他说:"这是老先生生前留给你的,他说有一天你会再来。"还乡的游子这才想起来,三十年前他在这里只听到人生一半的秘密。拆开封套,里面赫然又是三个大字:

不要悔

对了,人生在世,中年以前不要怕,中年以后不要悔,这是经验的提炼,智慧的浓缩。这六字箴言的奥义,要一本长篇小说才说得清楚。但是我相信对那些有慧根的人,这几个字也就够了。留一点余味让人咀嚼体会,岂不更好?

炎 凉

我们无法改变气候,但是我们可以锻炼体魄。

常常有人问:社会是温暖的还是冷酷的?也常常有人回答:"社会是温暖的"或者"社会是冷酷的"。莫衷一是的答案常常令人困惑。

其实所谓温暖、冷酷,都是社会的一种反应,反应由刺激而起。提问题的人和作答的人,似乎都忘了刺激、反应的连带关系。

社会对新科状元必然是温暖的;对落第秀才必然是冷酷的。

新科状元虽然受人逢迎,但是也可能有名士白眼相加,那是或然;落第秀才也可能遇见佳人在后花园赠金,那也是或然。

新科状元如果做了贤臣,纵然遭遇宦海风涛,翻船落水,社会必然不会把他看成一只落水狗;落第秀才如果有才慧,肯用功,社会也必然怀着敬意估计他未来的命运。

这样看来,社会究竟是温暖还是冷酷,操之在己的成分很大。所以这个问题的答案,与其在社会里面找,不如向自己找。一个有志气的人虽然不该口出狂言,说我要社会温暖它就温暖,但是无妨抱定信心,不管是温暖或是冷酷,我都不怕。

社会责任

人人点灯,家家光明。

范仲淹在江苏买了一块地准备盖房子。有一个看风水的先生告诉他,这块地的气脉极好,住在这里将来要出名人高官。范仲淹立刻说,既然这样,何不用这块地盖座学堂,将来好出现成百成千的名人高官呢?他这样办了,那就是有名的"吴学"。

抗战时期,西南联大在云南昆明附近建校,他们所占用的土地一向被当地人认为是出状元的地方。果然,西南联大为国家造就了不少的人才。

假定有一块地,在地理先生眼里是一块绝地,很不吉利,但只要在这块地上设置第一流的大学,照样会产生无数的科学家、哲学家、政治家。反过来说,如果范仲淹先生兴办吴学的地方被人抢先一步盖了秦楼楚馆,必然会制造一批一批的败家子。

人是上帝造的,而社会是人造的。到目前为止,这件工程弄得很糟,因为有许多人藏身茫茫人海,干些不负责任的勾当。地方新闻版登过一条消息,说一个排字工友发现印刷厂老板接下大批的生意,全是不堪入目、败坏人心的黄色书刊,他立刻辞职不干。他虽然是个小人物,却意识到自己是建造社会的一个工匠,很了不起。

人比人

忘记背后,努力面前,向着标杆直路跑。

我的左邻是一位过气的歌星,天天躲在房子里听她自己当年灌的唱片。右邻是一位退休的教授,天天喃喃祈祷。在我的想象中,这位教授一定衰老不堪了。

事实不然,我发现七十岁的教授精神健旺,步履轻快,眼睛闪着喜悦的光芒。倒是那位歌星,四十多岁就已经面色灰槁,老态龙钟了。

原来失意的歌星天天回忆过去,自思自叹,"苦酒满杯"摧毁了她的生机。而老教授虽然桃李满天下,退休后却发愿学习拉丁文。他说:"每次多认识一个生字,我就觉得又年轻了一岁。"我所听到的"祈祷",其实就是他低沉的读书声。

真正的衰退不是白发和皱纹,而是停止了学习和进取。所以人间有二十岁的朽木,也有八十岁的常青树。"学而时习之"催人成熟,却防人衰老,这是多么奇妙呀!

别人田里的庄稼好

不怕慢,只怕站;不怕站,只怕转。

现代人要有竞争的观念。人生在世,就像参加一场长途赛跑,有许许多多的人齐头并进,奔向共同的目标,除了自甘堕落,谁也不肯落后。像运动一样,这种竞争也要遵守规则,讲求风度,但是在基本精神上,仍然是争先恐后,当仁不让。

农夫总觉得别人田里的庄稼长得好,中国人在两千年前就指出过这个事实。不要把这事实解释成人性的嫉妒,就算是嫉妒吧,只要经过一番导引,也可以升华成运动员的精神。

在人生的道路上,你可以坐下来休息一会儿,但是别忘了问:这时候别人在做什么。上帝给每个人的时间一样多,任何人每天都是二十四小时。譬如下棋,胜负双方的棋子本来相同;但世事如棋不是棋,下棋必须让对方走过一步,自己才可以再走。人生可没有这"规矩"。

看 鱼

良马在逆风时跑得最快。

一位伟大的人物幼时在河边观鱼,见鱼群列队逆流而上,有进无退。他内心大受感动,从此养成了奋斗进取的精神。

来,我们都到河边去仔细看游鱼。凡是水流较急的地方,鱼群都面对流向,不肯随波逐流而下。身为一鱼,只有如此才可以保持身体平衡,做一条堂堂正正的鱼;也只有如此,才可以摄取上帝在水中为它们预备的养分。倘若它们掉转方向,放弃努力,就会翻滚、散乱,昏沉沉地被冲到浅滩上,因此丧命。

不必羡鱼,这是上帝给一切生命的智慧,对于万物之灵的人类,只有给得更多。人也活在"水"中,那水,就是人们常说的潮流。潮流的冲击,比惊涛拍岸更动人。逆流来时,不要犹豫,迅速地面对它,坚决地迎接它,勇敢地冲破它!只有如此,才有生存的机会,才有生存的意义。只有如此才可以保持端正的姿势,整齐的队形,个人的尊严,团体的荣誉!

万鸟之灵

溺爱足以害人,甚于水火刀剑。

火灾之后,房屋的主人来清理余烬,发现一只母鸡全身焦黑,俯地不动。主人用脚一踢,鸡身化为飞灰,一群小鸡由灰底下冒出来,吱吱喳喳,满地奔跑。它们的母亲用身体作挡火墙来挽救子女的性命,在烈火中粉身碎骨,始终不肯改变初衷。

如果没有这场大火,那又是怎样的一幅情景?小鸡长得够大了,还紧紧跟在母鸡后面,它们一直这样紧紧偎依在母亲身旁。可是它们就算是长大了,母鸡不再用慈爱的声音咕咕叫唤它们,也不再把地上的小虫一条条啄死丢给它们做点心。它们还是吱吱喳喳地跟在后面,寸步不离。这时候母鸡就用它尖锐的嘴去猛啄小鸡的头,啄得它们四散奔逃,只好自己独立。

在火场中舍身是出于伟大的爱。在光天化日之下、万物欣欣向荣之中,使孩子脱离母体,独立生存,也是出于伟大的爱。因为依赖、长期的依赖,将导致堕落退化,是一种极其恶劣的生存状态;生命中那些宝贵的天赋,无从发挥,结果成为一块块没有弹性的死肉。这样的鸡不复称为鸡——这样的人也不复成为人,至多也只能算是次一等的人。

自知之明

避免失败最稳当的办法,是下决心获得成功。

那部片子上演的时候真是轰动一时,人人都嚷着非看不可,但是又叹一口气说票实在难买。不过我发现买票很容易,窗口的队伍并不很长。这是因为预料自己买不到票的人太多,这些人的先见之明,反而限制了自己,把机会让给了别人。

从前有一个女学生,模样好,性情好,学问也好。多少男同学想追她,鼓不起勇气来。"人家的条件那么好,咱们怎么追得上呢!"后来这个几乎是十全十美的女孩子,嫁给了一个非常平凡的男人,教人惋惜不已。原来那些男孩子度德量力,对她裹足不前,别人这才乘虚而入,夺走了她的寂寞芳心。这些人的"自知之明"岂非毫不自知?

在这里,所谓"先见之明""自知之明"无非是一种悲观的估计。悲观的估计看起来好像是一种周密的思考,其实是作茧自缚。"山穷水复疑无路","疑"字用得最好;其实路就在脚下,只要走下去,就"柳暗花明又一村"了。

约翰逊说:"没有希望,就没有奋斗。"没有奋斗,何来成功?所以"有着从好的一方看事物的习惯,价值每年千镑"。其实何止千镑!金钱根本无法衡量!

天　才

乐器上的弦要拉紧了才奏得出声音来。

十九世纪西班牙小提琴家萨拉赛特成名后,被称为天才。他听了,摇摇头说:"这话从何说起! 我每天练琴十四小时,练了十三年,他们却说我是天才!"

"天才"这个名词是被滥用,被误解了,很多人都说:瓦特有发明的天才,他看见沸水的蒸气掀开壶盖,发明了蒸汽机。其实据比较详细的传记资料说,瓦特小时候特别喜欢烧开水,水开了还不熄火,坐在沸水旁边看得发呆,想得入神。他不知看了多少壶开水,然后又看了多少比烧开水更复杂的事情,在他的心目中,一遍又一遍描绘蒸汽机的蓝图。

"你是一个天才。"这句话很可怕,有些人觉得自己既然是天才,就用不着忍辱负重,吃苦耐劳,可以潇潇洒洒地占尽风光,出足风头,让"天才"害了一辈子。有人改写龟兔赛跑的寓言,让兔子仍然抢到第一,尽管它一路上打瞌睡、跳舞,到河边去照镜子;分秒必争、气喘吁吁的乌龟仍然落在后头。结论是:天才总是不肯努力的,没有天才的人,纵然努力,也不中用。这只能当游戏文章看,当俏皮话听。老实说,成功是兔的天赋加上龟的精神。

师旷的眼睛

左手画方,右手画圆,则两皆无成。

师旷研习音乐,造诣未精,发觉"艺之不成,由心之不专,心之不专,由目之多视"。就用艾叶熏瞎自己的眼睛,使心无旁鹜,终于成为中国古代的大音乐家。

这个故事是教我们做瞎子吗?不是,它只是鼓励我们专心,专心始能有成。"上帝很吝啬,他只允许一个人一生只做好一件事",这话虽然有些过分,却很值得人们警惕。

为什么专心才会成功?这因为世界上大多数人都不肯专心。人生原是一种竞赛,不肯专心的人,不啻自动放弃了锦标,让别人后来居上。到了现代,学问与技术都愈专愈精,而社会上夺目驰神分散精力的因素又愈多愈强,"专心"就尤其重要了。

所谓"成功",就是专心的人和专心的人彼此长期竞争而产生的结果。专心未必就能夺得冠军,还要看天分和机缘。然而在"专心"的行列里,即使站在最后一名,也还是置身精华之中,比那些玩忽怠惰、因循无知的人领先多得多。

人生如戏

戏是世间最隆重、严肃的工作之一。

"人生如戏"这句话成了许多人虚度岁月怠忽职守的借口,他们简直不知道戏是怎样演出的,他们没有观察过戏剧工作者。

无论是演出前或者演出时,戏剧工作者的精神是紧张的,态度是严肃的,情绪是热烈的,他们谨慎如新娘,奋勇如战场上的将军。他们全神贯注,细心揣摩,意志和力量完全集中。演出如果失败,他们就成了世界上最难过的人。

"人生如戏"这句话这样流行,又这样被误解,可见懂戏的人实在不多,懂得人生的尤其稀少。如果你两样都懂得,那么你会觉得"人生如戏"这个比喻实在恰当,这绝不是说做人可以马马虎虎,虚情假意;而是说每个人做每件事都要尽心尽意,恰如其分,在整体的计划之下,求个人高度的发挥,追求一个无缺点、无遗憾的完美境界。正是:

> 人生好比戏剧,　　　今宵由我演出,
> 社会好比舞台,　　　要使掌声如雷!

贵庚几何

少年坐在蔷薇上，则老年坐在荆棘上。

人们尊敬青年人，犹如看重开奖前的奖券，不断地猜估它到底能中几等奖。这张奖券提高"行情"的唯一方法，就是自强不息。

什么时候"开奖"呢？中国传统的说法是三十岁，较新的说法是四十岁。孔夫子最宽大，把"不足畏"的极限延后到五十岁，总之，人要及早努力，以免"老大伤悲"。

当然，世间有无数的格言鼓励老年人继续学习。那些格言是为失去青春的人而写；你若还年轻，何必坐待老大再接受那种鼓励？

迎接挑战

处逆境须用开拓法。

有一种软体动物,只有生物学家能说出它的名字。它体内百分之九十九是水分,如果碰上一点盐分,就连忙缩成一团,分泌出一点水来。于是在实验室里有这么残酷的试验:不断撒一点盐在它的身上,最后它将化成一摊清水,什么也不剩下。

你看见过这种生物吗?没有。我也没有。这种生物是非常非常地稀少了。它们受了刺激,面对挑战,只有收缩自己,消耗自己,它们的品类绝不可能繁衍长生,成为大族。

才 命

如果成功是一把梯子,运气是梯子两边的直柱,才能便是中间的横木。

人在青少年时期免不了对自己的前途有很多幻想或疑惑:我将来到底能成为一个什么样的人?我如果确实知道将来会幸福,现在我甘愿吃苦;如果将来确实能富有,我现在愿意节省。

谁也不知道自己将来的成就到底有多大,上帝没有给我们这种未卜先知的才能。但是上帝可能给我们机运,不知什么时候、什么地方,它会偶然想起我们,特别照顾。这时候你是一个什么样的人?当鱼来的时候,你手里是不是有网呢?

许多人自以为怀才不遇,但是有一天忽然有重要的责任轮到他,这才发现他不能早起,或者无法戒酒,或者专长不符,或者健康太坏。为什么不早一点锻炼身体、追求知识?早也有人劝过他,他当时叹口气说过:那有什么用啊!

是的,也许有用,也许无用,我们事先很难预测,得活下去才可以知道。我们只有一面活着,一面准备,准备有一天重担当前而有力气一肩挑起。以《新约》里面的那些新娘为鉴:新郎夜半来了,她们的灯里一定要有油!

信心的力量

不要怕，只要信。

从前英国有一个爵士，一生情场得意，风流韵事无数。大家都知道他有一根特殊的手杖，他只要握紧手杖的顶端向一个女人注目，那女人就要意乱情迷，把持不住。他凭着这根手杖，几乎战无不胜，攻无不克。爵士在晚年自己透露秘密，那不过是一根极其平常的手杖罢了，一点也没有神秘出奇的地方。只是女人都相信那个传说，对他自动撤除了心理上的防线。而他一旦手杖在手，也确实充满了自信，增加了胜算。

心理作用能产生极大的力量，你如果确信那件事情必然发生，最后它果然发生；你如果确信某件事情可以办到，你会终于办到。有一次在战场上，战争的情势逆转，指挥官下令撤退，战斗员依照他们平常所受的训练在敌人的火力下快速运动。有一个士兵中弹倒地，血流不止。他对战友说："我不行了，我受伤了，我要死了。"他的战友用十分坚定的语气说："你没有受伤，你身上的血是从别人的伤口沾来的，你可以跑得比我更快。起来！我们赶快脱离战场，补充弹药，卷土重来！"

那位受伤的战士竟一跃而起,比中弹以前更要迅速敏捷,终于安全地躺在后方医院里接受疗养,恢复健康。在战场上这一类奇迹几乎每天都会发生,每一个老兵都是证人。

心　魔

方寸不乱，万事可定。

"尤里西斯"的故事家喻户晓。他航海，他要经过一座岛，他会听见女妖唱歌，那时，他和水手们受了歌声的迷惑，会疯狂地驾着船向岩石上撞去，船碎、人死。这样的事件已经发生过多少次。他的船是怎样渡过难关的？他命令全船的人，包括他自己在内，耳朵里都灌满了蜡。

在"尤里西斯"以前，也有人使用过这样的方法。奇怪的是他们仍然听见海妖的歌声，所以他们的船无法避免灾难。更奇怪的是，当某一艘船经过海岛的时候，女妖并未唱歌，可是那些灌满了蜡的耳朵，却清清楚楚听见歌声。那声音迷乱了他们的头脑，扭曲了他们的意志，影响了他们的肌肉，不由自主地往岩石上猛撞。

女妖既未唱歌，歌声从哪里来？从听者的心底，"心魔"在唱歌。心即是魔，他们自己唱歌给自己听，是他们的脉搏、耳鼓在威吓他们的神经，演出悲剧中的滑稽剧，造成一切不必要的牺牲中最不必要的一次。

那些水手不知道人有时候可能自己愚弄自己、自己迫害自己;倘若他们事先有这样的认识,就不会自己唱给自己听。这样做并不难,至少比禁止海妖唱歌要容易得多。只要自己不迷惑自己,没有人能迷惑他;自己不惊吓自己,没有人能吓倒他。一个人不自杀,谁又能杀死他?

行为的前奏

祸福无门,唯人自召。

我的一个朋友非常相信"十三"不吉,他对"十三"这个数字十分敏感,他家过阴历年从来不贴"福"字,因为"福字是十三画"。

我说:福字是十四画,旁边的示字本是五笔。他却说:"我宁可相信十三画的。"

既然"宁可相信","禄"字"寿"字都可以算成十三笔,因为禄字左上角可以写成立,寿字中间可以简写为左右两点,福禄寿是中国最吉利的字样,倘若你愿意,可以把他们变成最坏的;这可不是坏运气找上门来,而是千方百计"找倒霉"。

每过一年,我们究竟是增加了一岁的经验,还是减少了一年寿命?这要看各人的想法。究竟是水仙花像大蒜,还是大蒜像水仙花?这也要看各人的想法。

想法和做法之间是连着脐带的。"想"造成"做"的倾向。天天往坏处想,就难免往坏处做,结果把一切"好"的可能都扼死。你或许读过下面这个可怕的故事:

某甲弄到一把手枪。他经常玩弄手枪,向他的弟弟瞄准。

在幻想中,他是瞄准了一个敌人。经过多次连续的想象;这"仇敌"变成不共戴天的死敌。他多次从幻想中尝到手刃仇雠的快感。终于,有一天,他玩弄手枪的时候,砰,砰,砰,把他亲爱的弟弟打死。

非洲人的鞋子

"希望"：它是生命的灵魂，心神的灯塔，成功的指导者。

两家制鞋公司都派员到非洲去调查当地的市场，两人在非洲所见相同。其中一人拍回电报向公司当局报告："毫无希望，这儿的人根本不穿鞋子。"

可是另一个调查员拍回去的电报大异其趣，他说："大有可为，这儿的人都还没穿鞋子。"

哪一家公司能开拓非洲的市场？哪一个调查员能创造自己的前途？任何人都能一眼看出答案。一个不穿鞋子的社会，正是制鞋业者用武之地；那儿不仅有他的利润，也有他应尽的责任。

世间有许多缺憾，而"缺憾"正是豪杰才智之士成功的机会。医生的功德在疫区，教师的功德在文盲最多处，农夫的事业在荒地，而仁人志士的事业在风雨如晦之中！

恕　道

道德不仅产生纪律,也产生度量。

你必须有理想,但是不要公然鄙视那些鼠目寸光的人。你必须有操守,但是不要公然抨击那些蝇营狗苟的人。你必须培养高尚的趣味,但是不要公然与那些逐臭之夫为敌。

我们做好事,别勉强别人也照着我们的样子去做,别责备他们为什么不做。道德是一种修养,不是一种权力,道德最适合拿来约束自己,不适合拿来压制别人。道德如果成为运动,也是"自己做"运动。

恃清傲浊比恃才傲物的后果更坏。人们所以尊敬道德,就是因为道德对他们无害。如果道德成为他们毡上的针、背上的刺,他们就要设法拔去。人们所以提倡道德,是因为道德可以增进社会的安宁和谐,不希望引起纠纷,造成风波。否则,他们就要对不道德的分子加以安抚了。

这就是以道德自命的人应该守的分寸。

石匠的智慧

以人之长,补我之短;以我之长,补人之短。

中国宫殿式建筑往往用巨大的木柱支撑前檐,并且在每一根长柱下面垫一座石墩。墩面本来是平坦的,后来改为微微隆起,若有张力,十分好看。说起来,这件事情有来历。

皇帝造屋,百工齐集,大家昼夜忙碌,情绪紧张。有一天,木工师傅求好心切,重重责打了小徒弟,徒弟为了泄愤,把师傅的木尺偷偷地锉短了一分。结果,根据这把尺做成的柱子都比实际需要短了一寸。这是一个致命的错误,那些稀有的木材是远方进贡来的,没有办法在当地补充,而皇帝倘若知道木工破坏了工程进度,必定勃然震怒。木工师傅大哭,他知道自己要死了,而石工师傅则在一旁沉默而严肃地抽水烟……

以后的发展定在你意料之中:石工把墩面做成球面的形状,补足了木柱短缺的部分。这样,不但宫室如期落成,不但木工全家得救,也改善了石墩的设计,为中国建筑多增一分姿采。这里面有中国古代建筑业的团队精神,也寓有现代中国人处世的哲理:别人的短处足以彰显我们的长处,我们的长处用来"承托"别人的短处,这样彼此都有好处。

甜芋泥

恨只能产生更多的仇恨。

一个年轻的村妇问医生:"有什么秘方可以毒死我的婆婆?她虐待我!"

医生告诉她:可以让婆婆常吃甜芋泥,百日后无病自死。百日后,村妇向医生哭诉:"婆婆待我太好了!可是她已经吃了一百天的甜芋泥,怎么办?"

甜芋泥不会毒死人,它是一道可口的点心。由于媳妇经常笑容可掬地供养婆婆,不觉改善了两人的关系。当医生对村妇说"甜芋泥可以毒死婆婆"的时候,真正的语意乃是:"你先做一个好媳妇,然后你会有一个好婆婆。"他不过是改用了对方容易接受的说辞而已。

今天人群背景悬殊,性格复杂,人际关系的困难很多。解决之道,还没有比"甜芋泥"更好的灵丹。"所求于朋友,先施之。""你愿人家怎样待你,先要怎样待人。"这样做固然未必有效;可是,反其道而行必然更糟。

两则传说

随时助人，然后赶快忘记。

下面两个故事，都出于民间传说：

一、一寒士冒雪赶路，狼狈不堪，经过古庙，打算入内避寒，却不料和尚赶快把庙门关了。后来寒士显贵，派兵剿庙，把和尚一律杀死。

二、一人贫不能自立，经常受乡党周济。多年后，此人忽操刀行凶，把施惠者一律杀伤，官府鞫讯，此人的回答是："我欠这些人的恩情太多，无法偿还，见了面就难过，不如杀个干净。"

民间故事常寓至理。眼见人处困境而不加援手，人必恨之。施惠于人而望报，人亦必恨之。只是一般人恨的程度不同，不至于"剿庙"或行凶而已。

丰于阅历的人往往随时随地助人，而又随时随地否认他帮助过某人，使受助者心安。"施比受更为有福"这句格言不会动摇，因为"施"字本来含有不要报偿的意思在内。施而望报，纵不至于招祸，人际关系也不会愉快。

现在几点钟

与高超的思想为伴,永不孤寂。

工厂里的工人一面工作、一面盼望下班,经常抬头看墙上的挂钟计算时间,以致注意力分散,效率减低。怎么办?爱迪生想出一个奇特的办法来:把工作厂房墙上的挂钟增加为四个,又故意使这些钟所指示的时间各不相同。工人看了,莫知所从,也就索性不管现在到底几点几分,专心工作。

在爱迪生的时代,工人没有手表。今天不分士农工商,几乎人手一表。旧问题不复存在,新问题接踵而来:每个人的手表都不够准确,可是每个人都相信自己的表,愿意受它支配。所幸在芸芸众"表"之上还有标准时,人们经常取下自己的表向它校正差误,这样,各表的时间可以近似,戴表之士彼此的行为可以协调。

把这两段话里面的"钟表"一词删除,代入"是非判断"字样,看看能产生什么结果?认为异说并起、是非难明,就干脆失去了判断的兴趣了吗?不,无论世相如何纷纭,我们仍将保持自己的辨别,一如戴上自己的手表;同时,要经常靠近那思想上的导师,以增进互信,祛除偏私,一如向标准讯号对时。

画地自限

先求精通,然后才有资格批评。

二十年前,有两个人同时学习英文,经常跟我谈起心得和甘苦。其中一人,我们姑且称他叫某甲,跟我说:"英文太美了,我就像走进一座禁园里,每走一步,就看见一些灿烂的颜色,每走一步,就闻见一些芬芳的香味。"另外一位(我们姑且称他叫某乙)则不然,他每次见了我都要抱怨英文是如何的不合理,号称拼音文字而拼法却极其紊乱,一个 A 长音就有十四种拼法,学习的人仍然要死记字形,这样的拼音文字岂不是有名无实?二十年过去了,某甲已经成为一个著名的翻译人才,对中西文化的交流大有贡献。而某乙仍在批评英文不合理,所持的理由仍然是 A 长音有十四种拼法。

不肯读书的人,总可以找到理由推卸自己的责任。从前有一个人坚决不肯读《诗经》,理由是没有人能证明"诗三百"是孔夫子亲手删定的,所以不值得一读。他又坚决不肯读《书经》,理由是《书经》的真伪还成问题,读它做什么?读书的人一开始就要和书对抗,如何能读出滋味来?再说,睁开眼睛只看见对方的缺点,而看不见对方的优点,自己当然很难进步!

路

路有千条,理只一个。

每一时代,社会都会划出路来让大家走。倘若人们都宁愿去走别的路,就造成社会的危机。倘若这条路上交通太拥挤,太紊乱,社会改革家就要挺身而出,大声批判,指出这条路不安全、不合理。

社会改革家的任务是督促社会修正已划定的路线,并不是号召大家舍正路而不由。以今日而论,升学主义是社会划给青年的光明大道,社会改革家一面批评升学主义,一面也希望自己的儿女读国内最好的大学,得国外最好的学位。因为照着社会的指标前进,原是正常而健康的现象。每个人的成就,最终须受社会的评估。

人应该有超越现实的远大眼光,但是不可以轻率地做社会的叛徒。社会的改变是渐进的,新路接在旧路的前头,而不是拖在旧路的后面。改变升学主义的人是升学已经成功的人,不是升学失败的人。这些人先在旧有基础上取得优势,然后才谈得到开拓新环境。

手 套

一旦挑战来了,就将证明自己是何等样人。

德国诗人许雷写过这么一个故事:

> 当年法国的贵族社会里,许多贵妇、美女围着看铁笼里的狮子,她们的丈夫、男朋友站在旁边侍候着。有一个美女把手套丢进狮笼,对她的男朋友说:"你如果真的爱我,就为我拾回来。"这位男士听了,非常镇静地走进铁笼,在狮子爪旁拾起手套。博得贵妇、美女们一致欢呼,那个丢手套的女人更是高兴万分。谁知道,她的男朋友把手套冷冷地交给她之后,径自走开,跟她从此绝交。

这就是风度,一个男人的风度。这个男人看出他的女朋友这样考验他、戏弄他、摧残他,对他并没有真心善意。这样的朋友怎么能交?但是他先要走进狮子笼里把手套捡回来,依照当时欧洲上流社会的标准,做一个够格的男人。

现在时代不同,不会再有女人支使男人到狮子身边去拾手套的事情了,但是今天的人依然要应付各种挑战,人在挑战之前仍然要有"够格"的反应。我们要多多搜集欣赏前人留下的典范,来帮助我们寻找恰当的方式,解决难题。

回　馈

小心做人，直到没人相信那些谤词。

吕蒙正出身寒微，后来入朝做官，难免有人瞧不起他。有一天退朝的时候，他听见背后有一个声音说："吕蒙正是什么东西，今天也站在这里！"

吕蒙正的同事自告奋勇，要去调查这话究竟是谁说的。吕说不必："我不要知道这个人的名字，如果一旦知道了，就终生不能忘记了。"

对于别人的批评，我们感觉兴趣的应该是批评的内容，以便有则改之，无则加勉，使明天的我比今天的我更进步。至于出自何人之口，实在毫不重要。可是许多人的注意力恰恰相反，他们千方百计要知道究竟是谁在批评他，并不注意究竟批评了些什么。

大众传播学者对传播引起的反应叫"回馈"，这个词翻译得实在好。批评是别人送回来的滋补品、营养剂，可以使我们的灵性和智慧得到更好的发育。世上善于送出回馈的人很多，善于消化享受回馈的人太少了。甚至有许多人在乱了方寸、失去控制之后，会犯许多错误去"喂养"那些谤词，反而使它长成。

（以上三十五篇选自《开放的人生》，北京三联书店出版）

贰

变负为正

话说多年以前,电话并不普遍,某某公司要三间办公室合用一部电话机。靠近话机的人整天替别人接电话,十分烦恼,于是,这架电话机究竟放在谁的办公桌上,成为一大问题。

不久,这家公司增添一位新人,大家趁他到职之前,把电话机移到他的办公桌上安放。此人来了,坦然视之,不动声色。

电话铃响,他迅速接听,对方说找某甲通话。他低声问近旁的同事:某甲是谁?坐在哪间办公室里的哪个位置?什么职务?……他起身去换某甲来接电话,同时把某甲的资料记下来。

然后是某乙、某丙……

三个月后,三间办公室里面所有的同人都对他充满了好感,愿意做他的朋友,而他也弄清楚了每个对他有多大用处或可能有多少害处。他开始建立他的权威,选择他的朋友,许多人得迁就他,因为他掌握着大家对外交通的枢纽。

这架电话机是别人的累赘,却是他的利器。办公室里的人都陷入沉思。他们有些后悔了:"为什么不早早把电话放在自己桌上呢!"

老王过年

对于"拜年"这一桩应景儿的俗事,老王有独到的心得。

起初,他对拜年很认真,大好年假消耗在仆仆风尘之中,年终奖金也都付了压岁钱和车费。可是他发现两点:第一、他拜年的心情很虔诚,可是对方并不在家,东扑西扑都是扑空,因为人家也要出去拜年,不,也要出去扑空。大家都在玩捉迷藏。第二、他虽热心拜年,人家并不热心回拜。年后见了面,周到一点的人还说一句"对不起,初二那天我不在家",粗心一点的人根本忘了有那么一回事。倒是有些人,老王根本没打算专诚去拜年,走过门口顺便了声"恭喜",他们郑重其事地回拜来了。

拜年没有什么意思,老王下了结论。他决定了免除这个俗套了。

可是后来我又看见老王在春节假期衣冠楚楚而行色匆匆,他又拜年了,他说这不是拜年,这是"自炼"。他想通了:人人都找那财富比自己多或地位比自己高或影响力比自己大的人拜年,每人都无暇向"不如己者"回拜,所以,拜年是单程的交通,是自下而上的输送,没有人回拜是正常,有人回拜是反常。如果你向某人拜年,某人立即回拜,那么你先向这个人拜年也许根本就是错误。这是世态,这是人情。

小张的遭遇

小张在某机关做事,主管某项业务,许多人有求于他,争着和他做朋友,周末下了班,纷纷邀他去打牌消遣,大家约定在牌桌上暗中让他几手,每次都是他赢钱,大家还要恭维他,说他牌打得好。

后来小张调职了,新的业务跟那批牌友的利害没有关系。大家还是经常在一起打牌,不过小张每赌必输,输了钱,还要受他们挖苦,说他的牌技术太坏,简直"狗屎"。小张越想越不服气,他自问打牌很有进步,从前你们就说我的牌高,现在只有更高才对,怎么会从前好、现在坏?又怎么会从前赢、现在输?莫非那些人的牌品可疑,串通作弊,用了下流的手段?这令他百思莫解。——直到今天,还没有猜透。

很多人并不知道自己是什么、不是什么,更不知道自己什么时候是什么、不是什么。人人都有小张的遭遇:别人说他好,那是有条件的,把那些条件去掉,他未必好;别人说他坏,也是有条件的,把那些条件去掉,他也未必坏。听到恭维,不要自满;受到责难,不要灰心,只管好好做人,——可不是好好打牌。

记得当时年纪小

幼儿解决问题的方法很简单：哭。他只要啼哭，就会有热烘烘香喷喷的奶头塞进嘴中。

稍稍长大，他多了一个解决问题的方法：闹。他只要躲在地上打滚儿，就会有电动玩具塞进怀中。

那时，他的生存是别人的责任，他的哭声，提醒了也加重了别人的责任感。再过若干年，例如说"而立"前后，生存完全是自己的责任了，幼儿时期的方法不能再用，婴儿时期的鞋子不能再穿了。

有些成年人还模模糊糊记得幼时的方法，还糊糊涂涂一再使用。那些遭到打击就"自怜身世"的人在心理上还是婴儿，他想哭给人家听。受到挫折就自暴自弃的人在心理上也是孩子，他想打滚儿给人家看。无奈今非昔比，他这样做已不能造成别人的责任，因之，也就没有任何人来殷勤抚慰了。那就自己抚慰自己吧！

看，每天早晨，旭光普照之下，马路上塞满了急急忙忙的车辆和人群，他们都是准备出来任劳任怨的。如果每个人都能保持早上出门时的心情，赌场、舞厅、酒馆的生意就不会那样兴隆。可是许多人中午改变了主意,他觉得需要"施舍"一点什么给自己。他想"破例优恤"一个绑赴刑场的死囚,给"他"一次非分的满足。他觉得有理由稍稍"堕落"一下。这是一个危险的讯号。自怜的情绪受到鼓励,以后会来得很勤。其结果,是生存能力退得很快。

饵

贾谊曾向汉皇献过一个"平虏"的策略,叫做"五饵"。什么是五饵?他主张设法诱导胡人吃好的(食物),穿好的(衣服),住好的(房子),听好的(音乐),看好的(色彩)。用今天的话来说,贾谊主张用提高胡人的生活水准为手段,来使胡人的生活条件与战斗条件背离。这样,胡人因安逸而积弱,就容易讨平。

我们生活在一个开放的社会里,人人有追求幸福的权利;我们又生活在一个非常的时代,人人要有远大的眼光和整体的观念。我们要早日接受正确的指标,以免误吞人生的毒饵。

百年之计

人应该怎样生活？答案是"你应该生活得好像准备活一百岁,而又可能明天就死"。这句话表示:① 目标要远大,② 着手细部经营,③ 分秒必争,不浪费时间。

这就是:大处着眼,小处着手;战略从容,战术紧张。

大部分人只能做到这句话的半句,或者好像能活一百岁,或者好像明天就死,难能两者得兼。

莎士比亚的台词有一句是:"我损耗过时间,现在是时间损耗我了。"莎翁此语感慨深矣!

受 气

我的一位老板常说:"什么是做事?做事就是受气,受有本领的人的气!"

起初,我委实不明白这话是什么意思。若干年后,阅历渐长,终于恍然大悟。一人做事要想有所建树,上面的长官必须有胆识,下面的属员必须有才能,有胆识、有才能的人往往有个性,身居其间者必须能容,容得下这样的部属也容得下这样的上司,才可以从上面得到支持,学得长处,才可以让下面发挥长处,贡献力量。再加上努力调和精明过人的同僚,争取一言九鼎的舆论,称之为受气实在传神!

忍辱仙人

佛典中有"忍辱仙人",他用忍辱的方式修行,历经百般侮辱,乃成正果。

如果主题是劝人"坚百忍以图成",这倒是好题材。可是看见这个故事的人可别误解人性,以为人是可以无限欺凌的。与人相处,无论关系亲疏,都要时时顾到对方的自尊心,不可令他有受辱的感觉。否则,忍辱的后果恐怕不是成为仙人,而是成为"魔鬼"。你对他的嘲弄、轻蔑、损害、排挤,他会朝思暮想,精神中毒,使他自以为有理由做出任何对你不利的行为来。

焦尾琴

传说有人拿桐木当柴烧,蔡邕经过炉旁,听见火裂之声,知道这块桐木是制造乐器的上等材料,就立即把没有烧完的半截木柴从火里抽出来,交给良工做琴。桐木的长度恰恰琴身的需要,不过琴尾必须留下烧焦的痕迹。这张琴,就叫"焦尾琴"。这个故事教给我们的是当机立断。蔡邕如果稍稍迟疑片刻,让桐木多烧一会儿,剩下的长度就不够制琴之用了。琴尾的焦痕代表一位音律专家的果决。"果决"曾经为世界保全了许多美好的事物。

从这个角度看,人生原是一种不断的选择:种瓜还是种豆?取鱼还是取熊?有人为自己选择,有人为一家选择,有人为一群选择,负重责大任的人为一国选择。每一种选择都有后果,每一种后果都需要有人承担,果决的人能够毫不胆怯地负起这种责任来。邮轮在海上航行,第一舱忽然进水,船长派两名水手入舱潜水勘察船底,人还没有回来,第一舱水已涨满,即将溢入第二舱,这时需要有一个人为全船作一选择,断然下令封闭第一舱的舱门,这人当然就是船长。

果决的反面是因循。因循是积累问题,不加解决,日久"沉淀"成为潜在的危机。潜在的危机有一天表面化,那就是"当断不断反受其乱"了。亚历山大大帝深明此理,有人请他解一团百年无人能解的死结,他是一剑劈开的。

人才幼稚病

一人若在团体中扞挌难入,不合而去,必有人安慰他:"你是人才。"

"人才"有了理论根据和舆情支持,更坚定了"高尚其事"的信念、"落落寡合"的态度。择人而用者有了失败的经验,必定特别注意人的脾气性情,首先取其服从随和。世人常批评居上位者喜用"奴才",这种情势的造成,"人才"本身也要负很大的责任。

我们置身于有组织的现代社会,每一组织都有"权源",每一人才都要在"权源"之下觅得一个位置始能一展所长。而这个"位置"要通过服从、随和的态度与全局调和。否则,人才也就只有"怀才不遇""抑郁以终"。如果谁用二分法咬定只有"奴才"才肯服从随和,那么理想的"人才"要具有"奴性"。他的工作态度与"奴才"没有多大分别,只是动机和成效不同:人才是为了公众的利益,奴才是为了个人的利益;人才是为了发挥职位的功能,奴才是为了保全禄位;人才建功立业,奴才营私舞弊。但是两者都不肯轻易言去,都费尽心思使上级信任,部下服从,同事合作。

从前有一位"人才",很受东主的礼遇,每日三餐都独享几样好菜。尽管他滴酒不饮,餐桌上照例摆好酒壶酒杯,天天如此,从无例外。有一天,他发现餐桌上没有酒,认为主人忘了备酒意味着对他的敬意减退,立即辞职。人才真的是这个样子吗?

得理让人

老张(假定有这么一个人)驾驶汽车,送一个得了急病的邻居就医。路上车辆很多,秩序紊乱,而且每隔一百多公尺就有一个十字路口。老张心里急得要命,可是他不能闯红灯,不能按喇叭,不能超车抢道,他得耐着性子,在缓缓的车流中若无其事。……

老张是办急事,而且是做好事,别人可能只不过是下班回家或出城兜风。尽管如此,他不能希望众车回避,绿灯常开,由他呼啸一声直驰而过。他得遵守交通规则,尊重一切别的车辆。否则,他的车子也许早已四轮朝天,不但病人延误了急救的机会,他自己也要头破血流了。

做事要耐烦,做好事尤其如此。做坏事的人自知理屈,能忍受一切盘根错节之处,做好事理直气壮,容易愤慨负气,以致人间好事多磨,而坏事常成。昔人说:世上多少好事,被坏人破坏了!也有多少好事,被好人办坏了!好人怎么会办坏了好事呢?他心里当然是希望办好的,可是他缺少"成事"必须的韧性,——他有的是"任性",认为他是好人,不屑于"忍气吞声",事成了是你们的好处,事败了我没有损失。好吧,那就让它失败,给你们一点教训!

一席话

中国画家为什么喜欢画竹子？你看,这幅墨竹盖了一块压角章:"喜其直而有节",这就是答案。还有别的理由吗？有,竹子的中心是空的,代表虚心,"竹本心虚是我师"。白居易说过,竹有三大美德:身直,心空,节贞。——不但有节,而且"节"非常坚固。

你们为什么又喜欢梅花呢？梅花的枝干完全不合"直而有节"的原则,而且也不"虚心"。啊,这是因为梅在冰雪中开花,送来春的消息,"数点梅花天地心"。还有,梅花的香气很淡,是"暗香",仿佛不求人知,可是谁闻到了那香气永远忘不了。这些特征代表中国人理想的人格。你们不用看竹的标准看梅？当然不。也不用看梅的标准看竹？当然也不。要是那样,竹和梅都一无是处了,是不是？我们不会故意把世界弄得那样丑陋。我们就梅发掘梅的优点,就竹发掘竹的优点。

来看这幅画:为什么这样苍白？啊,这位画家我认识,他说人生是苍白的,所以他要把苍白展现出来。那么,旁边另一幅画为什么色彩缤纷而强烈？那是因为后来这位画家的想法变了,他说人生是苍白的,所以他的画要特别注重设色。哈哈!真有意思,你们的画家真懂得人生,或者我该说,中国人真懂得人生!

有用的人

哥哥是教授,弟弟是律师,平时分居两地,不常见面。一天,哥哥来看弟弟,弟弟正在怒冲冲地研究一张文件。

"你看他们这样利用我,我要告他们!"

哥哥看见的是一家孤儿院向社会募捐的启事,下面发起人里面有弟弟的名字,而这位律师显然事先并不知情。哥哥对着大发雷霆的弟弟喷烟圈,眼睛望着空气,半天,开始说话:

"还记得吗?母亲一直勉励我们要做一个有用的人。"

"当然记得。我一直在这样努力。"

"什么叫做有用的人?"哥哥问。

"学问充实,品格端正,身体健康,能主持公道,维护正义。难道这有什么不对吗?"弟弟反问。

"当然对!但是你只知其一,不知其二。所谓有用的人就是一个有资格被人利用的人。恭喜你今天被人利用,这证明你的奋斗已经大有成就!"

弟弟茫然不解。哥哥对他说:"功业愈大,名望愈高,愈难免受人利用。怕人利用的人成不了大事。"

弟弟逐渐心平气和:"那么我该怎么办?"

"把这家孤儿院的院长请过来,支持他募捐,并且帮助他建立制度,好好保管运用这笔钱。"

人　缘

我跟某公司董事长做了多年邻居。当他的公司财源茂盛的时候,他的汽车碾扁了别家的小鸡。他的狼犬自由散步,对着邻家的小孩露出可怕的白牙。他修房子把建材堆在邻家门口。坦白地说,他在邻居中间没有什么人缘。

后来,他的公司因周转不灵而歇业,我们经常在巷道中相遇,我步行,他也步行。他的脸上有笑容了,他的下巴收起来了,他家的狼犬也拴上链子,他也经常摸一摸邻家孩子的头顶。可是,坦白地说,他仍然没有什么人缘。

一天,偶然跟他闲谈,谈到人间恩怨,我随口说:"人在失意的时候得罪了人,可以在得意的时候弥补;在得意的时候得罪了人,却不能在失意的时候弥补。"言者无心,听者有意,他若有所悟。

他暂时停止改善公共关系,专心地改善公司的业务。终于公司又"生意兴隆通四海",他又有汽车可坐,不过他的座车从此不再按喇叭叫门,并且在雨天减速慢行,小心防止车轮把积水溅到行人身上。他的下巴仍然收起来,仍然有时伸手摸一摸邻家孩子的头顶。后来,他搬家了,全体邻居依依不舍送到公路边上,用非常真诚的声音对他喊:"再见!"

迷 僧

著名的寺院建筑宏伟,人员众多,组织严密,清规苛细,并非如一般人所想象地自由闲散。寺中一个年轻的和尚大不谓然,他本是为了逃避世间束缚才出家的呀!

他决计摆脱羁绊,贯彻初衷。他要做一个独脚的游方僧人,如闲云野鹤,在天地间徜徉自如。他愿意看山的时候寻山,愿意看水的时候就水。生活根本不成问题:一钵在手,三餐随地募化,夜晚只要找个地方打坐就行了。

沿途有庙,他也进去礼佛访僧,当家的和尚待他客客气气,他不必负担什么义务,吃一餐,住一宿,客客气气地分手。

可是也有缺点。他漫游四方,跟很多僧俗交谈,人家问他属于哪个丛林,听说他没有源流也没有归宿,马上减低了敬意。整年在江湖之上,风露之中,也找不到切磋佛理的对象,更没有亲密的知己,不免寂寞。尤其是,偶然有一点病痛,谁来安慰照料呢?原来"自由"并不如他早先所想象的那样十全十美。

一夜,他在一棵树底下打坐,倾盆大雨彻夜不停,他泡在水里念经。天明,山洪暴发,浊流浩荡,他爬到树上暂避。后来,树被水冲倒,他抱树逐波而下,漂流了三天三夜,在一座大庙旁边停住。庙里的和尚大批出勤,正等着救人。他抬头一望,这座庙的模样好熟!——原来就是他当初出家的地方。

他恍然了。既是和尚,就该属于寺庙,虽然庙愈出名,清规愈严,可是对一个出家人的造就也最多。

我们离开家庭、步入社会,都需要有自己的"庙宇"——学校是教师的庙宇,工厂是工程员的庙宇,公司是售货人的庙宇。我们需要大庙,工作忙碌、要求严格、增长技能、磨炼心志的大庙,做环侍权威、尽窥奥义的"和尚"。

循　环

夜间,一辆摩托车撞倒行人,疾驰而去。幸而后面又有一辆摩托车来到,骑士下车察看,立刻雇车把伤者送进医院。

不料伤者在急诊室里咬定这位见义勇为的骑士就是肇事者。警方查来查去,也认为他颇有嫌疑,而他自己又完全没有办法提出证据洗刷罪嫌,最后只好负担全部的医药费用,和解了事。

他频呼倒霉,见了人就诉冤,一再叮嘱相识的摩托骑士不可停车救人。同情他的人很多,一传十,十传百,他竭力使这个故事流传得很广。这人从此患了"自闭症",拒绝再帮助别人,而自闭症又似乎是可以传染的……

在另一个时间、另一条马路上,他自己翻车受伤了。摩托车、汽车一辆又一辆从旁驶过,轮子上蘸着他的血。驾车的人加速马力,他们都听说过那个"不可救人"的故事……

很多人努力美化家庭环境,兰花、茶花、海棠、玫瑰种了一片又一片,院子里铺满青翠的草皮,茑萝由墙里爬到墙外。却又努力丑化别人的心灵,使那些与他的生活息息相关的人一一失去纯洁善良,这样,他自己怎能活得宁静和谐? 与人为善、教人以善固然是对别人忠厚,也是替自己减少麻烦。这比守着那几棵花浇水除虫更要紧。只知道培植十步以内的芳草,忘了增加十室之邑的忠信,终有一天会真正觉得追悔。

从狗到人

养狗的人家愈来愈多,大部分的狗主人都设法让自己的狗到别人的住宅附近去大小便,于是产生下面的闹剧。

十五号的王先生早晨出门,看见门口有一堆脏东西,他相信这是五号的阿花干的好事,就把这东西铲起来,丢进五号门内,大声告诉他们:"你们家丢了东西,我给你们还回来了。"事后这位王先生对人说起这件事,沾沾自喜,他表示:"这是我的个性嘛!"

在另一条巷子里,每天早晨,只要二十二号的大门闪开一条缝,一只狐狸狗就窜出来,巷头巷尾走动,这里闻闻,那里看看,然后在八号门口大大地方便一番。后来八号的主人跟二十二号的主人谈过这件事,对方笑一笑没有说什么,那只狐狸狗养成的习惯改不掉,它的主人也没有把这件事情放在心上,于是八号的主人只好两手一摊说:"他就是这个个性嘛!"

这两个人都使用"个性"一词,他们用得对不对?前面那一个人的用法是错的,既然知道自己的个性有缺点,就应该矫正弥补,不要放任。后面的用法是对的,既然知道别人的个性如此,就大度包容,点到为止。——当然,这是指狗便之类的小事,无关大节。

对象错误

河南南阳有诸葛庐,湖北襄阳也有诸葛庐,谁真谁假这里且不说它。经过河南南阳的人,到诸葛庐一游,站在刘备三顾的地方遥想"草堂春睡足"的漫长吟声,自是精神上的一种享受。

不知是谁在河南的诸葛庐立了一块石碑,絮絮诉说湖北的诸葛庐才是真的。有些游人看了冒火,用一切随手可用的"武器"击打那一石碑,千夫所指,那碑已是遍体鳞伤。正这块碑的人选错了地方。这样的碑文应该在湖北襄阳出现,那才是在适当的空间对适当的对象说适当的话。

上上下下

傻子跟聪明人学,学不到什么东西,可是聪明人可以从傻子那儿学到很多。英谚:"傻子讲的话,是聪明人的讲义。"意思一样,说法俏皮。

何休士把人分成三类:① 借别人的经验改正自己,上。② 利用自己的经验改正自己,中。③ 自己的经验对自己也没有用处,下。第一种人即"智者",第三种人即"愚者",愚者为造就智者而设,一如"他山之石"为"攻玉"而设。"取法乎上,仅得乎中,取法乎中,仅得乎下",但"取法乎下",可得乎上。

老兵不死

凡是受过军训的人,都知道有一种测量距离的方法叫"步测",两步算是一个复步,"复步加复步乘二分之一,等于公尺数"。

这个"复步乘二分之一",给很多新兵带来不少的麻烦,他们在运用这条公式的时候,往往要蹲在地上拿瓦片当笔,加以计算,求出公尺的数目。

有一个新兵正在为这件事苦恼不堪,一个老兵悄悄对他说:这并不难,你把公式改成"复步加复步的一半"试试看。经过前辈的这番指点,那个苦恼的大孩子恍然觉悟。从此以后,他只要有了复步的步数,在心中点默念一遍"复步加上复步的一半",就可以利用心算,立刻求出答案。

从此以后,这个新兵每次运用公式步测距离,必定回过头来轻轻地对那位老兵说:"这是你教给我的。"于是老兵情不自禁,继续又教给他很多东西,其中包括战场上的经验,那是很多人牺牲性命换来的。

人是一种奇怪的动物,你如果把宝贵的心得提供出来,他会双手接过,但是马上忘记是谁送来的。他沾沾自喜,据为己有,说不定什么时候他会忽然把你送他的东西(现在是属于他所有了)拿出来对你炫耀一番、教训几句。这实在是人间最没有趣味的一个场面。难怪许多人未曾开言,先具戒心,不是专说废话,就是守口如瓶。

你是一个聪明人吗？如果是,你该记住,你的聪明是跟哪些人学来的,然后在适当的时间,适当的地点,轻轻地对那人说:"这是你的指点。"声音要轻,而且只告诉他一个人。

求新求远

乡下佬认为冬天晒太阳晒得全身暖烘烘是人间至乐,想把他的"发现"告诉国王;吃辣椒吃得过瘾也是人间少有的美味,主张用辣椒进贡。农家的一个媳妇,在夏天的厨房里汗流浃背,自叹命苦,她说:"如果我是正宫娘娘,这时候早已铺一床凉席,躲在树荫底下,喊一声:'太监,给我拿个柿子来!'"

人受识见的限制,常常并不知道什么是"最好的"。二十年前山胞认为世上最好的东西是米酒,他领到政府免费发给的种子,并不撒在田里,转手送给酒商。有些人喝得酩酊大醉,脚步不稳,坠入山谷,永不回家。可是几百年前,山胞追捕一匹白鹿发现日月潭的时候,自有辟草莱、斩荆棘的精神。他们原有很强的生存能力,只是他们耳目闭塞,识见有限,因愚昧而不知进取,落得每况愈下。

"识"和"见"有连带关系。能见(接触、觉察)始能识(认识和知解),能识(学问、修养)始能见(判断、设计)。政府辅导山胞改善生活,即从增知识、广见闻入手。山胞起初确实不知道种子比野草好。不知道盘尼西林比香灰好。不知道水泥红砖造成的房屋比帐幕好。终于他们知道了,山胞的世界从此豁然开朗。

  我们多数人虽然比高山同胞开明进步,但更大的世界是日新月异的。"知识像鲜鱼一样",我们得时时检点它变坏了没有。

现代经典

今天"周虽旧邦,其命维新",一切"新学"都非常重要。但是人最好能趁年轻的时候读一点文言古典,时期最好在高中毕业之后。《礼记》《春秋》,屈宋班马,都是中华民族的"家珍",倘若连摸也没有摸一下,岂不枉为子孙。

文言古典最大的用处是:第一,增加青年人的厚度;第二,使他们年老以后灵魂有自己的故乡。今后工业社会的人,难免都要急功近利,浮躁不安,而晚景又相当"凄凉",此时如有某种程度的古典修养,会有"众鸟欣有托,吾亦爱吾庐"的安适之感。称中国人者,一为血统上的中国人,一为法统上的中国人,还有一项就是文化上的中国人,三者合一为上。如果有人问做人的理想境地是什么,就这样答复他吧!

古人有一经传家之说。在现代的家庭里,这"一经"恐怕变成牛津字典了,不知道他们在"牛津"旁边可能腾出一点空隙来,放一部"四书和古唐诗合解"?

(以上二十二篇选自《人生试金石》,北京三联书店出版)

注意差距

今年的蝴蝶找不到去年的花。

三十年前,有人叮嘱我:"替朋友办事,事成,要告诉朋友此事办来轻松容易,以减轻朋友心理上的负担。"

三十年后,有人叮嘱我:"替朋友办事,事成,要告诉朋友此事颇费周折,得来不易,以加强朋友的印象。"

朋友托我买东西,我唯恐买贵了,对不起朋友,就暗中"贴补"十分之一的价款。朋友问:"这是从哪一家买来的?"我只好支吾其词。朋友指一指我的鼻子:"你找到了价钱便宜的商店,竟不肯透露地址,真不够朋友!"

有一个青年到美国留学,晚间去探访他的指导教授,双方谈得很融洽。最后,这青年站起来说:"时间不早了,老师和师母要休息了,我该走了。"这个中国学生自以为很有礼貌,谁知教授太太听了很不高兴,她说:"你想走就走好了,为什么把责任推在我们身上?"学生愕然,不知道错在哪里。知道这个小掌故的人,都用中美两国的国情不同来解释其中缘故,其实,这现象也可以看作农业社会培养出来的观念与工业社会培养出来的观念有其差距。传统训练我们处处要委屈自己,体贴别人,但是现代人渐渐不懂得这是怎么一回事了!

　　有人写了一本书,交给一家书店出版,此书畅销一时,大家都说写书的人帮了那书店一个大忙。写书的人依照他从农业社会带来的习惯说:"哪里,我的书不容易找到出版的地方,书店帮了我的忙。"这一句客气话人人信以为真,连那家书店也深信不疑,自居有功,因为他们生活在今天的工商业社会中,怎么也想不出那位作者要说假话的理由。

迎头堵上

轮船在海上受台风袭击,与其背风逃走,不如向台风中心驶进。

我的朋友×君在年轻的时候做错一件事,经报纸渲染成为耸动一时的社会新闻。从那时候起,经常有人想用他的故事写小说,写内幕报道,甚至有人打算拍电影和制作电视剧。

他苦恼不堪,问计于我。我说:"我们都是农业社会出身的人,具有传统观念。可是,你现在面对的是一批现代人,你用传统的态度应付他们是不成的。"

"我怎么办?"

"有一个办法,你一定不肯采用。依我看,今后不断有人想利用你的故事赚钱。为了斩断这些人的念头,你干脆自己写一本回忆录,自己写自己的故事。你是写这个故事的最高权威,谁也不能跟你竞争。你的故事既然引人入胜,你的书一定畅销。你可以大赚一笔。然后,有谁想用你的故事拍电影,演电视,你可以到法院告他,或者先向他收费。这样,你的问题可以彻底解决。"

他讷讷地说:"我不能这样做。"

"是的,我知道你不能。你希望那些记者、内幕专栏作家、电视节目制作人能够为你设想,不要破坏你的宁静。这是非常古典的想法!无奈你面对一批拥挤践踏勇往奔驰的记者、作家和制作人,他们的头脑如果像你我一样古色古香,他们可能失业。在现代社会中,一个面临失业威胁的人,有什么事情做不出来?他们哪有工夫管你的感觉?"

入城问俗

若要问别人能为你做什么,先要想你能为别人做什么。

一个年轻人由乡下来到台北,向人问路,常遭白眼。起初,他不明白是什么缘故,后来他发现城里人问路要先说一句:"谢谢你。"再问:"到武昌街二段朝哪儿走?"才容易得到答案,不像在乡下问路,可以在得到答案以后再道谢。

另一个由乡下来的年轻人,到街角的小店里借打电话,朋友对他说:"你在走进小店的大门之前,就把两块钱拿在手里,高高举起,让老板看清楚,知道你一定付费,而且付出两元。这样,老板就会笑嘻嘻地把电话推过来。"

从前的人卖牛肉面,把肉埋在面下。现在则把肉放在面上,让顾客第一眼看见牛肉。

如果你要求别人合办一件事情,不要开口就说"你帮我一个忙好不好?"那是我们祖父常用的语汇。到了你我这一代,你得首先告诉对方,如果他参与,可以得到什么利益。下一步,再说明他得付出什么。在美国电影里面,一个人邀集帮手时,第一句话是:"喂,想赚五十块钱吗?"别认为那是天方夜谭,那是我们社会发展的模式。

没有代用品

人事现象往往是,一加一等于三,而三减一等于零。

一面满面愁容的异乡人走进一家简陋的咖啡馆,特别指明要一份烤焦了的面包,一杯半温半冷的牛奶,一盆被虫咬过的生菜,然后对女侍提出要求:"请你坐在对面,向我不断唠叨家常废话,这样可以使我暂时不再想家。"

这个异乡人的婚姻显然并非十分美满,他的太太不是娴静体贴的好主妇,可是他仍然想家。尽管外面有很多地方能提供最好的面包,又香又热的咖啡,善解人意的女侍,也医不好他的怀乡病。可见家庭在饮食男女之外,还有一个"X",这个"X"是家庭的独特产物,没有其他的来源。

不错,现代人对家庭依赖的程度减低了。人常常坐在咖啡馆里,不坐在自己的客厅里;人常常睡在旅馆里,不睡在自己家寝室里;人常常站在公园或高尔夫球场的草坪上,不站在自家的院子里。男人很容易听到职业性的莺声燕语,却难以听到妻子的情话。但是,家庭永远是家庭,家庭终有它不可及、不能取代的特点,把旅馆、饭店、妓院、音乐厅、裁缝店、医院、托儿所、安老院加起来绝对不等于家庭。

生之意志

唯有坚忍到底的人能够得救。

我认识"第一个被盘尼西林救活了的中国人",后来他在一家百货公司做进货部门的主管。

盘尼西林是二次大战期间的重要发明之一,消炎有奇效,活人无算。当时中国正在对日抗战,物资奇缺,虽已耳闻盘尼西林的大名,可是谁也没有见过。就在此时,一次冒雨行军之后,一个士兵得了肺炎。

当时,这种病的死亡率很高。但是据说有一批仙丹——也就是盘尼西林即将运到,问题是他能支持多久。我们把"希望"告诉了他,他在昏热中每天、每时、每分与病魔作战,他的生命坚决拒绝撤出最后的据点,从他的脸上可以看出这一战役的弹痕和杀声。盘尼西林运到医院的时候,他居然立刻从床上坐起,挺直了背脊。

现在他的办公室里挂着一张霉菌放大一千倍的照片,有些人以为那是一幅现代画,他说那是一句格言:"唯有坚忍到底的人能够得救。"

知己知彼

能耐天磨真铁汉。

两个武士决斗,两人都用矛尖指着对方,用怒目盯牢对方的眼睛,待机而动,一触即发。

其中一人厉声说:"你赶快投降吧!"

另一个武士相当胆怯,但是仍然硬着头皮说:"我要跟你拼个你死我活!"

"我再警告你一次,"原先那人说:"这是你最后的机会。你到底降不降?"

另一个咬紧牙关说:"不降!"

他以为对方会冲过来,心中暗暗祷告。谁知对方长叹一声、掷矛于地说:"既然你坚决不肯投降,还是我投降算了!"

近代田径史上一位长跑名将,夺得金牌处处。新闻记者问他:"在跑道上你好像永不疲劳。难道你真是铁人?"

"没有那回事!"他说:"我也是血肉之躯,可是我知道我的对手跟我同样疲乏,也同样恐惧失败。"

"可怜"?

慎重选择你的口头禅。

一个清廉正直的人死了,身后萧条,你会听见有人说:"可怜!"上级要来视察,下级兢兢业业地加班准备,你会听见有人说:"可怜!"诸如此类。

"可怜"是一个古老的词,在我们祖父的一代,没有今天这样的用法,他们用这两个字对感染了重症的婴儿、在饥荒中呻吟的灾民、误入歧途执迷不醒的亲友表示感伤与同情。至于谨慎服从、为了价值抛却价格,那一类事跟这两个字扯不上关系。如果有谁胆敢把"可怜"加在忠臣孝子节妇义仆头上,老一辈的人会提出警告:"你这样说话是要遭雷劈的!"

现在,不知怎么,这两个字的用法变了。它表示轻蔑与不屑。这样说话的人往往在社会上略有成就,自命不凡,处处要表示他不是池中之物,表示他是役人而非役于人,从这里找到最有效、最简便的表达方式。他完全忽略了那些为理想受苦的人会有什么样的感受。

"可怜"!别小看了这两个字,它是在散布某种观念,酝酿某种风气,摇撼某种标准。它像硫酸水一样,点点滴滴,把某些东西滴穿、蚀尽。由这两个字用法的改变,你可以觉察现代社会确已"人心不古"。

现代人注重人身尊严,"可怜"二字应该尽量避免使用,即使把它加在一个肢体残缺的乞丐身上,也会造成某种伤害。怜悯之情只宜形诸眉宇,若要再进一步,应该是援助的行为。看见了别人的不幸,就激起自己的骄傲和优越感,那是多幼稚的反应!倘若那人的不幸是由他的优点造成,谁有资格可怜他?大厦上层的砖瓦有资格"可怜"基层的磐石吗?

庸人自扰

一知半解,不如无知。

无知固然有害,一知半解也常误事。

有人到野外露营,他知道在一棵树下扎营易遭雷击,就选了一片空旷之处,他的营帐成为地平线上孤立竖起的目标,危险跟一棵树下相同。

丈夫知道自己跟太太的血型都是 A 型,不会生出 O 型的儿女,他的孩子居然有 O 型的血液,这还得了!闹得满天风雨之后,这个丈夫才从专家那儿知道他的血型是 AAAO,有生出 O 型子女的可能。

古人因无知而痛苦,现代人因一知半解而造成痛苦。

窗里窗外

擦亮我们的心灯。

从前的教育教人垂下眼皮望着自己的膝盖,现代的教育教人睁开明亮的眼睛望着对方的眼睛。

当你面对异性,尤其是当你是一个女孩子的时候,你应该望着对方的眼睛说话,那样才大方、坦诚,增加表达的能力。

当你望着对方的眼睛的时候,对方自然也望着你的眼睛,这样的交谈流露真诚,注意力集中。如果对方有什么恶念,他的眼睛会流露出来,你的眼睛会把它截堵回去。当然,你们双方的机会均等,如果你是胆怯的、自私的、虚伪的,你的眼睛也不会支持你。这是现代教育的特征,它开放了人的眼睛。电视机每天提醒我们应该如此,电视节目主持人永远盯住我们的眼睛不放,我们也同样对他。

有一个女郎搭上一辆"狼车"——色狼驾驶的车子,那狼把她载到荒郊野外,爬进后座。经过一番僵持,这女郎脱险了,因为她一直冷冷地望着他的眼睛,弄得他手足无措。

闪烁、犹疑的眼神会使一个人失掉很多朋友。

昏暗的眼睛给一个人招来许多侵害。

睁亮你的眼睛！不但看的时候睁着眼,想的时候也要睁着眼。

高速度

有好朋友才是真"富",有好子弟才是真"贵"。

日暖风轻,男女青年结伴登山,或因登山而结伴。有一个男的伸臂揽住女伴的腰,女的则把满头青丝撒在男的肩上,由他"挟持"着一步步走上去,游山的人都以为这是一对深交久处的情侣。可是到了山顶,男女双方的身体分开,却听见女的一面整理头发、一面对男的提出一个问题:"你贵姓?"

有人认为这还了得,太快了!第一次见面就勾肩搭背,依照这个速度推算,他们当天就可以宽衣解带,三个月后就得求医堕胎了!"推算"起来似乎是如此,但是有些事情你不能这样推算,你得把"理性"放进计算机,人的理性可以使"速度"减低或停顿。古代的男女关系是封闭的,堤防偶然溃决,就一泻而下,无法控制。现代的男女关系是开放而自制的,双方都希望迅速而深入地了解对方。一旦在对方的生活里找到一个观察站就停下来"搜索"很久。尽管他们在登山的途中牵着手,回到平地以后未必就有更进一步的亲密,甚至未必还要牵手,也许再牵手是在下次登山的时候。当然,也许上山牵手,下山拥抱,三个月后发喜帖,只要他们情投意合,有何不可?

牵手走到山顶才问对方贵姓似乎失之轻浮,但是百年前的婚姻有人在度过洞房花烛之夜以后才知道新娘脸上有麻子,现在也有人结婚以前绝对禁止男朋友握她的手,婚后才知道丈夫的手心天天淋漓流汗。两相比较又怎么说才好?

现代金句

"败军之将,不可言勇",但是可以言"谋",他知道仗该怎么打。

母亲对婴儿唱催眠曲,自己却睡着了。——向别人宣传时,同时也教育自己。

宗教,靠说教者兴盛一时,靠殉道者延续千年。

无妨"斑管窥豹",只要一面观察一面移动窥管,遍及豹体。

伪造的画有时比真迹更好,但价值不能相提并论。——伪君子亦是如此。

"总得有个理由才让人心服嘛!"

老爸爸沉默半响。"好吧,我告诉你。你带来的这个人厌恶一切竞赛性的活动,我担心他无法从竞赛中得到乐趣,那样,他就缺少一个上进的灵魂。记住,你需要一个在挑战下勇往直前并且乐此不疲的丈夫!他是这种男人吗?"

女儿说:"他觉得跟人家争来争去没有意思嘛!"

"画眉是一种喜欢参加歌唱比赛的鸟儿,一只画眉如果听见另一只画眉的叫声,就想用自己的嗓子压倒它,对方也不甘示弱,双方在音波中鏖战一场。最后,胜负既分,失败的一方羞怒不堪,它从此不再发出鸣声,变成一只哑鸟。你喜欢这样的人吗?"

谁能当选

多看蝉蜕,就知道蝉如何长大。

公众集会活动开始了,第一件事是分组推选小组长。甲组的两位候选人互相谦让,都认为对方的才学和声望高出自己之上,都认为自己不配领导全组。后来,大家跟这一组叫"古典组"。乙组的两位候选人则展开热烈的竞争,各自提出服务计划,保证能使全组的成员满意,大家跟这一组叫"现代组"。

无论"古典组"或"现代组",选举过程充满了掌声和笑声,候选人的谦让或竞争都多少有几分制造热闹的用意在内,"古典""现代"的名称也是以开玩笑的口吻加上去的。选举的结果人人可以预料:在"古典"的作风里面,谁先放弃谦让谁当选,在"现代"的行为里,谁先放弃竞争谁落选。以谦让对谦让,有限度谦让者胜;以竞争对竞争,无限度竞争者胜。若是以竞争对谦让呢? 结果人人猜得出来。这可不是说笑话,这是很严肃的事实。

当初那个产生谦让美德的社会,跟现代社会不同。在那个社会里面,一个人要是说自己才疏学浅,别人会以为他是深藏若虚,那个社会盛行使用"加法"。到了现代,一个人要是说自己清廉公正,别人还怀疑他难免也有徇情枉法的时候,这个社会盛行的是"减法"。卖瓜者自卖自夸,别人还以为你篮子里也有苦瓜,倘若自谦瓜不甚甜,后果岂堪设想!

农业社会中养成的谦让习惯,在现代都市的电梯和公车门前完全暴露出弱点来。进电梯和挤公车,依序而入,该上就上,你推我拉反而扰乱秩序。自己站在公车门口让别人先上车,除非是让给老弱孺妇,站在你背后的人会暗暗骂一声"混账",认为你妨碍了他的机会。有车不挤,等下一班,车上的人以为你要等女朋友,或者认为神志不清,没有人承认还可能有更高尚的动机。

现代社会是一个市场,人才是标价或未标价的商品,你是你自己的推销员,你是把你自己介绍给需求者的一个媒体。十年以后,如果再举行公众集会活动,还有没有"古典组"?令人怀疑。即使还有,想象中"现代组"的听众将兴高采烈地迎接结果,大家欣赏互争雄长的场面,认为双方有理由相持不下,"古典组"的听众则可能一脸不高兴的神色,认为他们候选人拖泥带水,浪费大家的时间。

职业造人

一切生物都以适应环境为唯一真理,只有"人"例外。

中国电视事业创办之初,人才缺乏,延聘节目主持人的条件很宽,有一位精明厉害的小姐得到了这个职业,她的模样教人一看就觉得是那种难以和平相处的人,她的腔调教人一听就觉得是那种难以融洽交谈的人。你在社会上见过这种事事要占上风、事事要别人为她设想的角色,你应付这样的人早已够累了,简直希望别跟这样的人同住在一条巷子里。可是她现在天天在你家客厅里,介入你的思想跟生活。

几年以来,这位小姐不知不觉有了改变:她的口型变了,腔调变了,面部轮廓变了,更重要的是眼神也变了。她变得善良、柔美、和蔼、亲切,至少在荧屏上看来是这样。电视节目主持人本当如此,现在即使用很严的标准衡量,她也是优秀的主持人。想知道她是怎么变的吗?她了解电视观众需要什么样的人,她在日常生活中竭力观察模仿,她在预备节目的时候再三揣摩排练,久而久之她逐渐跟那标准符合,她变成一个新人。

跟这位小姐走进电视圈的同时,有一个青年人被电视剧的导演临时推进排练场饰演一个品性恶劣的配角。导演用心指导他怎样把自己设想成一个坏蛋,再怎样表现出来。他也用心学习。从那以后,他经常有机会在电视剧中担任反派的角色,沉浸其中,自得其乐。他的气质、模样也起了变化,现在,即使在荧屏外,他也像一只"鹰犬"了。

太初,上帝造人。现在,职业造人,嗜好造人,环境造人。假如可能,一个人在选择职业、嗜好、环境的时候多用一点观察想象的功夫,探测这种职业、嗜好、环境将来会把我们变成什么"东西"。一般说来,现代人失去了古典的宁静含蓄之美,已是相当"丑陋"了,其他方面的美不能再任其流失。

无忧惧

"过量"是一种罪恶。过量的欢乐是放纵,过量的节制是虐待,过量的谨慎是懦弱。

有一位营养学家说,世界上有半数人之寿终是饿死的。它的意思是说这些死者生前虽然也曾辗转床褥,其致病之由却是缺乏营养。

"异工同曲",一位心理学家认为"世界上有半数人是愁死的"。现实和理想冲突,郁郁寡欢,忧能伤人,难以永年。

岂止忧能伤人?偶然得意,即骄狂恣肆,乐极生悲;或偶然拂意,即血脉贲张,迁怒滋事,都足以剥蚀健康,自坏长城。

现在,懂得调配食物的人多起来了,懂得如何处理钱财的人更多,但是,懂得如何调理自己感情的人却很少!能够教导子弟如何调理感情的人更少!

在战场上,老兵告诉新兵不必害怕:

——听见枪声,不必害怕,因为子弹的速度比声音快,当你听见枪声时,子弹已经越过你的身旁去远了;

——枪声未起,不必害怕,因为敌人还没有射击,子弹

还没有出膛。

每个人在个性逐渐形成的青年时期,就该开始寻找一种教育,一种训练,自己使情绪稳定,心地宁静,然后获得心理的成熟和健全。此事绸缪得宜,终身受用不尽。

心物之间

最理想的生活是精神物质两全其美。

从前的君子们重精神、轻物质,现代人则追求物质享受,忽视精神生活,大家都这么说。

你仔细观察一下,现代的"君子"们仍然把"精神"看得很重,他们相信物质可以变成精神。内心的宁静十分重要,得到宁静的方法之一是银行里有相当数量的存款。恋爱是一种精神生活,讲究气氛,晚上如果请女朋友吃一客上等牛排,"气氛"比较吃一客快餐更要"罗曼蒂克"一些。

现代人抛弃了"精神"吗?也许他们只是"发现"了物质而陷入迷津。

有一位企业家表情严肃,工作紧张。朋友劝他把人际关系弄得软化一点,例如经常称赞别人。他说:"我没有时间称赞别人。"

他的朋友徐徐地说:"成功的人物,往往只喜欢听人家的称赞。"企业家斩钉截铁地说:"我也没有时间听别人称赞。"

身为工业齿轮的人难免像机械一样机械,缺乏潇洒。就是他每星期六都听歌剧,每星期天都上教堂,使人觉得那也不过是齿轮在转动。按照日程表赴约的人不会"乘兴而来,兴尽而返",闹钟连接定时开关的人不会"不知东方之既白"。

某君子做了"工业齿轮"之后,每年绝对忘不了女朋友的生日,他祝贺的方式则是寄一张支票,——只有支票,连"生日快乐"都不写,他认为支票当然能使人快乐,无须废话;可是,女朋友要听见"废话"才快乐,支票倒是可有可无。结果,他在寄出第×张支票时遭到退回拒收,那位小姐听了另一个男人的"废话",变成别人的未婚妻。

物质生活与精神生活本可相得益彰,但若陷入物质的迷津,就找不到精神了。

进一步的文明

不要吃一次亏就全盘否定未来,也不要交一次好运就永不设防,两者都是被命运玩弄了。

在原始时代,非洲各部落每天要杀一百人祭神;在二十世纪,美国各州平均每天有一百人死于车祸。文明真的促进了人类的幸福吗?

文明砍伐了丛林、却盖起不见天日的大厦;文明驱走毒蛇猛兽、却制造市虎;文明消灭瘴疠瘟疫、却散布原子尘;文明消灭了人体内的寄生虫却代之以有害的色素和防腐剂。

有人向慕原始:在第一流的观光饭店里,顾客用高山族式的木碗吃饭;在核子潜艇的舰长室里,挂着非洲人黑面獠牙的面具。

人类以他最杰出的才智,最艰辛的奋斗,最漫长的过程,冲出洪荒,握紧文明,难道现在后悔了吗? 不,我们决不后悔,人类的幼苗不再大批大批的死于肺炎和猩红热,没有什么可后悔的;人类可以一天走完从前一生也走不完的路,立业四海,没有什么可后悔的;人类可以一小时做完从前十年也做不完的工作,从各方面改善生活,没有什么可后悔的。对付文明造成的灾害,是用进一步的文明,不是否定文明!

我们所期望的,是在文明的社会中辛劳一生,到了老年,再拥有一个农场或田庄。那仍然要托文明之福,因为我们要一个只有蝴蝶、没有苍蝇的农村!

一朵花

一样米养百样人,每一种人都有成功的机会。

西洋人说一朵花造不成春天。我是中国人,中国人说一朵梅花就能造成春天。

我家没种梅,但也有植物报春,它是多年生球根,花朵似郁金香而小,像是郁金香远房的不肖子孙。它在每年春分之前就钻出积雪,使人精神大振。冰冻的土地很坚硬,它必须以"怒芽似剑"的姿势开路,然后,它就转换角色,谦卑的、柔和的、十分可人的、在雪地上铺出一片彩色,以春的气息转换人们冬的心情。这花身价平常、地位重要,因为它"一阳来复"占了先机。

花有千红万紫,也有公侯伯子男,可是一般人庭院面积有限。花能入选,必有合乎人意的条件,或因为开得早,如梅;或因为开得久,如月季;或因为开得迟,如菊。以花喻人,时机是成功或失败的一个条件。

以花喻人,他如果开风气,敢实验,就得一"早"字。如果专心致志,再接再厉,就得一"久"字。如果不求近功,大器晚成,就得一"迟"字。社会需要其中每一种人,他们都能登上"人才"舞台。

色　难

盛筵当前,大家相争,不如几块饼干,大家相安。

有一位久居海外的中国人被父母讥为"忘本",原因是忙于适应美国社会,没有"承欢膝下"。这问题可以分好几面来看。

身为中国人到美国打天下,艰苦备尝,略有成就之后肯把父母接到国外去奉养,就是未曾忘本的证明。身为父母者对于儿子在外说洋话、写洋文、入洋籍都能够谅解,独独对于未能履行中国式的孝道立即以"忘本"相责,似乎是"诉诸情绪"之词,未足据为定论。

不过,孔老夫子讨论子女对父母的态度,说过一句"色难"——维持和悦的表情最难。儿子在异国创业,当然忙,当然苦,当然不能时时对父母体贴入微,当然……问题是,如果你每周只有一小时可以与父母相聚,这一小时的心情、表情如何?如果你每天只能在早上出门时看父母一眼,这一眼的眼神如何?只要心情愉快,表情和悦,一小时的会面并不嫌短;只要眼神中有关切、留恋和歉意,这一眼仍足以使父母感到温暖,不再多求。

"色难!"孔夫子真是圣人,他在一千多年以前留下这么两个字,到今天还适用,不但适用于国外,也包括国内。现代子女未必要天天送点心给父母吃,也许他一个月只能送一盒点心。当一盒点心送到的时候,他是轻轻放在父母面前呢,还是轻率地朝桌上一丢?

本末先后

社会是一个名词,专供怯懦的人转嫁责任之用。

电影的导演、副导演和编剧一块儿商量新片的故事,旁边坐着他们的顾问:主题导航员。这部片子要拍摄一座别墅为暴徒占据,住在别墅里面的男女老幼都成为命在旦夕的人质。一个英勇的青年决心潜入别墅营救他的亲人,那里面有他的父亲、妻子和幼儿。问题是他只能救出一个,谁是最恰当的目标?

编剧说:"我们让他先救自己的儿子。因为这部片子计划打进美国市场,要顾到一般美国人的观点。依照现代一般观念,老人无用,后生可畏,下一代比上一代重要。"

顾问说:"我提醒你,中国是一个注重孝道的国家,二十四孝里面有一个榜样是郭巨埋儿。你可以日后生育很多儿女,可是你只有一个父亲。"大家沉默片刻,副导演说:"要优先考虑国内的标准,那就让男主角救出父亲,牺牲妻儿,怎么样?"

导演说:"这样的情节很难处理。这部戏不但要热闹,也要感人。我们要让观众感同身受,要他们热泪滔滔。牺牲妻子的情节势将引起女性观众的反感。"

顾问说:"新女性主义一定激烈反对。她们的反应很重要。"导演转过脸来望着顾问:"把妻子救出来怎么样?这一场戏我可以拍得很精彩。"

顾问提议:"男主角想救妻子,妻子坚决辞让,要丈夫先救父亲。这样也许可以两面顾到。"

导演摇头说:"妻子替公公而死?你怎么让年轻的观众接受?他们会说不可能发生这样的事。"

大家很苦闷。良久,编剧忽然叫起来,吓了大家一跳。

"有了!"编剧说。"我们把男主角的身份改变一下,他不是任何人的亲属,他是一个警员。他深入虎穴救人,爱救谁就救谁,爱牺牲谁就牺牲谁,观众不会怪他,只要他救出一个人来就行。导演,你看怎么样?"

导演拍案叫绝:"太好了,这种麻烦事儿是应该交给警察去办的。"顾问欣然同意:"现在困难解决,构想成熟,一定可以通过电影检查。我回去等着看新片开镜的消息啦!"

爱之害之

家有龙凤，外有山海。

台湾推行义务教育之初，住在山地、海滨的家长没有现代常识，千方百计不让孩子进学校，他们的"苦心"实现，孩子受造就的机会却错过了。倒是有些孩子，父母对他们漠不关心，甚至连父母也没有，反而顺利完成学业。

在现代化的撞击下，年轻人往往带着伤痕，令人心痛。可是，上一代费尽心机替他们织成一张护身网，也许反而害了他们。他们应该暴露在撞击下成长。

迷失的一代

信任年轻人,让他们自己走出一条路来。

在农业社会中,父兄是子弟的榜样和导师,他们把行为的规范交给年轻人。

到了现代,在高度工业化的社会中,年轻人行为的榜样和解决问题的方法,是从他们的同辈中观摩仿效得来。父母参加意见的机会不多,影响也小。在这种意义下,现代的年轻人乃是"孤儿"。

农业社会的行为模式是凭代代积累的经验解决问题。现代化的冲激来了,使那些经验大半变成无用的东西。年轻人迎接挑战很少依赖上一代交给他的经验,他要凭个人的智巧和参考同辈们的智巧。

现代社会中的优秀典型是机警灵活的。"机警灵活"意味着某种程度的不守成规,"不守成规"又意味着某种程度的不中规矩,——不合传统的规矩。坚守传统堡垒的人常常发觉他不喜欢的人都有了成就,原因就在这里。在传统观念中长大的父母对怎样管教子女逐渐失去自信,宁愿采取观望的态度,有些父母看见孩子的行为循规蹈矩反而忧心忡忡,发现孩子的行为有了越轨倾向而又不服管教时,无可奈何之余暗中安慰自己"焉知非福"。如此这般,青少年的问题一天比一天多起来,父母一天比一天更要手足无措了!

如果我们有"迷失的一代",那是天下父母,绝不是他们的子女!

挽留时间

罗马不是一天造成的,也不是一天可以拆毁的。

小时候,在作文簿上写"光阴似箭、日月如梭",以及"无情的时间像流水逝去"。现在想想,也许并非如此。

时间似乎无情,但是仍然可以挽留。如果你爱惜它,它也留恋你。如果用功读书,时间就留在你的成绩里;如果锻炼身体,时间就留在你的健康里;如果你开朗热忱,时间就留在你的人缘里。……

"日月如梭",梭留在织成的锦缎里。

"光阴像流水",水留在工厂的电力、水田的禾苗、游船的行程里。

"杀死时间"的意思是使用时间,"以无益之事,遣有涯之生"是打发时间,两者并不相同。中国人常说消遣,"遣"也是打发的意思,好像唯恐时间不走,错了!时间是一个匆忙的过客,只有它抛弃你,不是你驱逐它,只有它忽视你、用不着你敷衍它,你必须用"杀死"它那样的果决和敏捷才使它为你所有。时间如鱼,怠惰的渔夫、漫不经心的渔夫、自暴自弃的渔夫,总是有一张空网。

哲人说:"时间留,我们走。"这句话可以代替所有的励志格言,也可以做一部文明史的总标题。

人　境

"物我合一"的境界生于将"物"人化,不是将"人"物化。

古人以"桑梓"代表故乡,以"乔梓"代表父子,以"椿萱"代表父母,以"棠棣"代表兄弟,以兰草、桂树代表子孙,可见古人对他生存的环境如何亲切,他们能够把周围的事物伦理化,人跟环境调和一致。

现代人则不然,他们放眼皆是陌生的事物,对这些事物的秩序来不及做满意的解释。古人看见比目鱼想起夫妇爱情,今人看见热带鱼能想起什么?古人看见圆扇想起团圆别离,今人看见冷气机能想起什么?古人看见野草想起小人,今人看见高尔夫球场上的草坪能想起什么?古人夜半听见秋虫鸣声想起纺织。今人夜半听见货柜大卡车的喇叭响又能想起什么?今人天天坐电梯,看霓虹灯,看喷气机的白烟,摩天大楼的顶尖,但是看不出这些对他的生命能产生什么比附的意义。

现代人感到寂寞孤独,这未尝不是一个原因。也许要等到他能够非常具象地感到电梯、霓虹灯、冷气机都是他的同类,他才会舒适。可是现代社会的事物变动太快,也许在那一天来到之前,电梯、霓虹灯、冷气机先不见了!倘若不幸如此,环境将永远是如此陌生,矛盾,扞格难通。

成功与成熟

要成功,必须成熟;不成功,更要成熟。

社会上总是"庸人"占绝大多数。庸人者,平凡、通达而又可用之人也。

在古旧的农业社会里,匮乏和不公使人痛苦,人人希望提高自己的社会地位以脱离那痛苦,因此要"吃尽苦中苦,方为人上人"。现代社会不然,人们基本的生活条件大致近似,例如富豪家中有冰箱、电视机,穷人也有;高官有保险、投票权,平民也有。俊杰和庸人吃的面包、牛奶,是同一工厂出品。无论是人上人还是人下人,违反交通规则都要受罚,基本人权都一样受法律保障。庸人在现代社会中可以取得地位,安心生存,自得其乐。

于是许多人甘心做一个庸人。

一九七五年,哈佛大学城市研究中心从坎萨斯和波士顿两大城市中抽样调查了九百人,得到一个意味深长的结论:那些年薪一万六千元的人虽然羡慕年薪五万九千元的收入,却认为那些高收入的人茹苦负重,得不偿失。

一个社会如果庸人太多,难免缺乏生气;庸人太少,又会造成动荡不安。假如现代科技能够控制遗传因子,一定慎重研究庸人在总人口中应该占多大比例。

流浪的警长

要在前面领着别人走,不要在后面推着别人走。

美国西部开发初期,各城镇强徒横行,秩序紊乱,警长是否称职对居民的安全和幸福关系重要。有一个警长在他管辖的镇上组训民众,强化治安,临事勇敢果决,当机立断。他生活呆板,表情严肃,重法轻情,嫉恶如仇,终于使辖区内有了公道和平。

镇民在安乐的生活中开始批评他们的警长,他们希望管理众人之事的是一个有笑脸有弹性的人物。他们对镇上的大小事物有了自己的意见,不喜欢任何人独断独行。他们对警长不再像从前那样感激服从,终于发生了公开的正面的冲突。警长说:"好吧,既然你们不需要我,我决定离开本镇。"

辞职以后的警长,匹马单枪进入另一个小镇,镇民正在饱受暴徒的蹂躏。这位警长路见不平,挺身参与,以寡击众,大获全胜。镇上的居民纷纷打开大门迎接他,拥抱他,挽留他,在他胸前挂上星徽,把他当作全镇的救命恩人。大家听他的命令,履行他规定的义务,服从他的裁决。这时警长又废寝忘餐,赴汤蹈火,致力建立全镇的法律秩序。他成功了,可是不久,那些免于恐惧的镇民骄傲了,怠惰了,意见分歧而自以为是了,历史重演,警长又辞职出走。

他来到另一个无法无天的小镇……

然后再换一个小镇……

整个西部在开发,在进步,在逐渐建立法律秩序。等到西部所有的城镇都脱离了它们的黑暗时代,这位警长就没有容身之地了。社会在改变,他推动了这种改变,可是他不能改变自己以调节适应改变后的社会,他个人的悲剧就发生了。

由农业社会到工商业社会,由传统社会到现代社会,也是社会的一种改变,人们置身于这缓慢而巨大的变迁中,也发生如何"调适"的问题。愈是原来优秀的有贡献的分子,"调适"愈重要,如何调适也愈困难。倘若"调适"失败,社会对当年"优秀分子"的摒弃也愈严厉。

在我们眼前,正有一些逃避现代化的人。新事物蜂拥而来,他们的经验并未因此增加或改变,反而努力把新事物纳入旧经验中加以处理,希望使新事物符合旧经验。他们办不到,于是由第一线转入第二线,由前卫退到下游,在那儿寻找一个舒适的、熟悉的外壳。然而"现代化"是紧迫盯人一步不放的,是漫天遍地无远弗届的。这使人想起王静安先生的一首诗,使人不禁要问:"江湖寥落尔安归?"

才能测验

鱼在水下吐泡,打破水面的平静。人才也往往如此。

大新贸易公司招考公共关系人员,五百多年轻人报名应试,竞争激烈。考卷上有个奇怪的题目:"为什么有些人喜欢过河拆桥?"

阅卷委员把成绩最好的前十名试卷送到老板手中,这十名应考者多半抨击过河拆桥的人忘恩负义,虽然写得文情并茂,却引不起老板的注意。有一个应考人的答案别出心裁,他写的是:"如果前有大河,后有追兵,我们就得过河拆桥,防止敌人跟上来。"老板指着这份卷子说:"这个人头脑灵活,我要这个人。"

老板并不满足,他问:"五百人中间,难道没有能够提供更佳创意的人吗?"他从落选的试卷中发现另一个应考人这样写着:"过河拆桥的原因是,前面还有河,需要使用仅有的材料继续造桥。"老板拍一下桌面说:"我找到了!"

怎样讨债

一般人只注意成功的人物,成功者却注意失败的人物。

"某商人倒闭十亿元,如果你是债权人之一,你如何对付他?"这是金刚企业公司招考职员所出的作文题目,大出应考人意料。

法律系出身的应考人,洋洋洒洒写出应该采取的诉讼步骤。外交系出身的,主张跟债务人举行面对面的谈判。商学系出身的人则说:"这要看我损失的数目是多少。如果为数戋戋,我就顺其自然,破产的程序会给我人人都能接受的结果,我不愿意为追讨这笔欠款耗费太多的时间和精力,我要用那份儿时间精力去赚钱,赚到的会比我失去的更多。"

这些人都得到高分,可是没有夺得第一名。这次考试的榜首是这样说的:

> 倒闭十亿元?我对这个经商失败的人发生兴趣。他年轻吗?他用什么方法筹集资本?我要研究他,进一步认识他,发掘他潜在的才能。他有倒闭十亿元的能力,应该有赚取二十亿的能力。我考虑在我的关系企业中给他一个总经理的职位。——假定我是一个大财团的主持人。

速 朽

去知道那些最值得知道的事,去做那些最值得做的事。

昔人说:"三年可以出一个状元,三十年才出一个戏子。"

那是指农业社会的情形。现代电影事业只要花一年工夫就可以制造一个明星,电影企业有一套周密的办法使明星"速成"。

速食面、速成咖啡、速成钻石、速成来杭鸡……这是一个速成的时代。

速成的另一面是速毁。这也是一个速朽的时代。多少金牌得主,后冠得主,其兴也如狂风骤雨,家喻户晓,其去也灰飞烟灭,春梦无痕!

从前,若有人跳进河里救他的弟弟不幸一块儿淹死,那条河就成为当地的名胜古迹。若有女子殉情而死,当地人会把她的故事编成小曲,演唱流传。在那个时代,老奶奶寒夜坐在床上,回忆她的家族某年受过某人的帮助,对子孙絮絮而道。那是从前,已逝的年代。

相形之下,现代人的记忆太坏了。碧潭每年淹死几十个人,在碧潭泛舟的人毫无感觉。寒夜看电视,一个节目连一个节目,随看随忘,上床时脑子里一片空白。也许他不是为了记得什么才看电视,他是为了忘记什么才看。

定于一

夜行,前有火炬导引,不会迷路。倘若四围都是火光,反而彷徨难行。

某先生由某机关退休以后,经人介绍到某工厂做机械保养员。某先生欣然应命,可是儿女坚决反对,因为这位先生的儿子、女儿都在这家工厂工作。儿女于苦谏无效后断然表示:如果父亲前往上班,他们只好自杀。

从这个在中国台湾发生的真实故事里,可以发现我们有些人活在双重的标准下,两个标准能够各行其是最好,一旦"撞车",尴尬极了。为了"打通人事管道",到了限龄的人应该退休;为了"人尽其力""退而不休",已退休的人又要就业。做儿女的认为自己应该供养已退休的父亲,以免别人说闲话,年老的父亲却认为应该自力更生,以免儿女多了一个累赘。

时光倒退五十年,这位老太爷当然由子女供养。时光前进五十年,假如我们的社会演进成今日英美社会的模样,父亲用自己的力量维持生活而不依赖子女,子女也可以心安。那是在一个标准下生活的好处。现在新旧交替,标准不一,互相排斥,所以"人难做,难做人"。

有一个留美学人回国娶妻,要求和未婚妻先行"试婚",女方拒绝。男方提出一个退而求其次的办法,建议送未婚妻入院"检查",女方才恍然大悟这位洋博士最关心的是什么。未婚妻觉得受到侮辱,绝交退婚。这一对未婚夫妇分别生活在两套标准之下,那个留美学人自己的想法也又东又西,不伦不类。"试婚"在现代西洋有之,"处女膜"在旧日中国最珍贵,二者矛盾排斥,洋博士却想兼收并容,岂非自寻烦恼?

现代中国人需要一套内容没有矛盾的人生哲学。这套东西从前有过,但是已经不能圆满解释现代人生。缺少这样一套东西,人无法统一解释自己的行为,也很难解释他看到的社会现象,认真生活的人苦于"心安"而难"理得","理得"而未"心安"。他只有放弃他跟社会整体的协调以减轻所受的压力。他愈来愈自行其是了,然而可能百无一是!

红与黑

让婚姻造成命运,不让命运造成婚姻。

依照我们旧有的传说,男女姻缘由月下老人主持,他用一根红线把一男一女拴住,使他们后来成为夫妇。

在惨白的月色下,纤细的微红与黑近似,肉眼颇难分辨。连接在男女中间的一线,当事人自以为是红的,旁观者却认为是黑的。也许,月下老人备有红黑二色不同的细线,用做喜剧和悲剧的注记;也许,老人眼晕瞳花,常常错把黑线当成红线,红线当作黑线。那些在月光下梦游的对对情侣,都以为自己手中牵住的是红线,别人的是黑线,或者认为自己被黑线牢牢缠住,而红线系在别人腕上。

择偶是终身大事,怎么能在月光淡淡、视线模糊的地方进行?怎么能由红黑难辨、水晶体混浊的眼睛鉴定?这一幕要移到光线充足的地方,以尖锐的目光观察,以清静的头脑决定,然后,双方才开始梦游,才走入迷离恍惚的月光中,让那位老人证婚。

(以上三十篇选自《我们现代人》,北京三联书店出版)

参

火车时间表的奥妙

书难尽信,但是不能无书。

火车误点了,怎么办

火车误点了,你正在车站上准备乘车,这一段时间可以列入"生活中最难排遣的时光"。火车迟迟不来,时间像蚊子一样不断地飞来叮你。

一九四一年仲夏之夜我在山东峄县南关车站等候火车,(这条短短的支线现在已经拆掉了。)依照时间表,列车应该在十点钟进站,可是到了十一点还不见踪影。天气很热,蚊子又多,车站内外也没有人卖报纸杂志,候车的人用看时间表、打蚊子、口出怨言来打发时间。

十一点十分,站长从我们身旁经过,一个资深乘客首先发难,他每个月都坐火车出门,受够了望眼欲穿的滋味。他问站长:"你们的火车总是误点,火车时间表还有什么用?"其他的乘客闻声围拢过来。

站长放慢脚步,昂然反问:"如果没有时间表,你又怎知道火车误点?"说完,掉头而去。

妙极了,最佳的防御,水泼不进,针插不透,旅客纵然不服,也只有悻悻而罢。铁路局有此等"忠勇"的员工,亦可谓深庆得人了。

现在,我想我比较了解这位站长。火车误点,许多人以为站长有责任,其实他有什么办法?当然,他至少有义务接受乘客的抱怨,可是,等到误点成为常态,每天面临无休无尽的质问时,他焦躁起来,他专业的荣誉已荡然无存,他想这是铁路局害了他,他又何必站在你面前替铁路局受过?

那就误点吧。那个站长他索性不在乎了。

误点,火车仍然来了

一九四九年春王正月,我在山东德州车站等了三个小时才搭上火车。我曾一再到站长室打听班车何时进站,他说:"还有三十分钟。"我清清楚楚记得一共问过五次,每次所得到的答案相同。

那位站长也是铁路局的模范员工,他把等车的时间分成好几个三十分钟,使我们很乐观地承受着料峭的寒风。上车后,我愤愤地说:"四点半的班车,七点半才到,候车室里又何必挂火车时间表?"

座旁一位老者,胡子白了一半,一口天津卫的"卫腔"。他对我说:"你看,火车不是终于来了吗? 这就多亏有个时间表。时间规定四点半到,四点半到不了,五点半应该到;五点半到不了,六点半应该到,现在七点半,终于到了。如果没有时间表,它可以明天才到,也可以后天才到。"

我愕然,当时,我完全不能接受他的看法。今天,我想起这位老者。他老人家想必受过时间表无穷的折磨。时间表总是在骗他! 可是,一个想坐火车的人,不信行车时间表又信什么? 上一次它不准,这一次也许改进了吧! 他仍然要一分一秒的遵守,依然一次又一次为它所负! 这样累积了十次百次以后,他的心冷了,误点就误点,他也不在乎了!

当火车第三次误点的时候

一九五〇年某日我在中国台湾宜兰火车站等车,那时宜兰火车站很小,候车室的椅子很脏,售票口像拘留所送饭的进出口那么大,但是班车时间表的字很清楚,很郑重其事。

那时,宜兰的班车也会误点,(现在已是历史陈迹。)那时宜兰有个军官大队,他们经常往来于台北宜兰之间。那次车上就有几个军官在座,一个说:"火车常常误点,我们写一封信给铁路局好不好?"另一个说:"好,我们告诉他应该修改行车时间表。"

我急忙看他们的脸,没有人笑,说这话的人似有愤激之色,他的听众似乎为之动容。我当时想:这是怎么了?当行为违反规则时,他们正经八百地主张改变规则!

他们并不在乎火车何时来到,他们计较的是:你为什么不说实话!火车八点到你就说八点,火车十点到你就说十点,不是容易相处多了吗?

误点——火车的骄傲

同船过渡,你不知道会遇见什么样的人。

第一位,那站长说,没有行车时间表你怎会知道火车误点。

第二位,那老者说,如果没有时间表,火车来得更晚。

第三位,那军官说,火车既然误点,行车时间表就该修改。

他们共同的智慧是,面对规则时要心冷,但是不能心死。……这智慧,当然不止是从车站得来,他们还经历了许多世事,用海峡对岸流行的话来说,"生活教育了我们。"

在某些时候,误点乃是火车的骄傲。火车那样的庞然大物,它不来,谁拉得动?它要来,谁挡得住?在"当然可以误点"的火车里,列车长一副悍然不顾的神情,只有在准时进站准时出站的火车里,才有谦和从容的服务人员。在"当然可以误点"的火车里,乘客多半如刚刚蒙恩大赦,只有在守时的车厢里才气定神闲。

时间表——一种仰望和祈求

每逢火车误点,候车的乘客总是一再仰望高悬在头顶上的时间表,尽管他早已看清楚了。到后来,那已不是寻常的察看,成了仰望祈求的一种形式。

如果连这一丁点儿形式也不存在了呢,那场面我倒见过。长话短说,且休提什么时候、什么地方,只见赶火车的人成群结队、扶老携幼,进了车站、直奔月台。谁也不看时间表,有些车站干脆把时间表取下来了。(你听说过没有,有些车站的时间表,被一群无车可坐的汉子拆下来砸烂了。)也没有人去问站长,(你听说过没有,站长躲起来,不敢见人了。)要坐火车吗?自己到月台上去等吧!

那些人对规则秩序一概绝望了!

只要别弄出那一天来,只要还有时间表可看,哪怕是不甚准确的时间表;只要还有站长可问,哪怕是没有多大担当的站长。

如果你是单独一人,那就带着小说去等车吧。如果是两人结伴,那就带着象棋去等车吧。如果是三个人四个人,那就带着桥牌吧。

你得懂怎么熬。

现在不是火车不再误点了吗,你看,总有一天能熬出来。

半截故事

宣传是善意的欺骗,教育是善意的隐瞒。

半截周处

三国时代有个周处,今江苏吴宜人,孔武有力,是块材料。只因父亲死得早,没人管教,变成"州里患之"的大流氓。

有一老者叹息地方上有三害,周处慨然答应为父老除害。老者告诉他第一害是西山有只猛虎,经常下山吃人,周处上山把那只虎杀了。老者又告诉他第二害是附近水中有蛟,常把往来的船只弄翻,他又入水把蛟斩了。他问第三害是什么,老者本来不敢讲出来,见他杀虎斩蛟,不像无可救药的恶人,这才壮了胆子说:"第三害就是你啊!"周处经此当头棒喝,幡然悔悟。

有人说这老者是个神仙,特来点化周处。如果这话不可信,如果老者是宜兴当地居民,岂不是个非常重要的人物,简直可以说是他除了三害,史学家竟然忘了打听一下他的名字。也许说故事的人为求动听,故意把他说成倏然一现的神龙。

周处的父亲本是有名的读书人,虽然死得早,也给周处留下一定的影响,所以周处知道怎么做。他去拜名学者陆云为师,用功读书,后来入了仕途,做过武官也做过文官。

周处的故事写进教科书,编成广播剧,拍了电影,可说家喻户晓,可是大家所喻所晓到此为止,说故事的人只说了个上半截。

他们把下半截故事藏起来

原来周处在晋朝做到御史中丞。他为官忠直,把除三害的精神拿到朝廷上来,也不管除山中虎易除朝中虎害难。于是得罪了权贵。

有一年,少数民族反叛,朝廷派梁王司马彤平乱,司马彤点名要周处参战。有人知道司马彤居心不良,劝周处别去,可是周处认为国家需要用人,他不能逃避责任。

唉,到了战场上,司马彤下手报复。他把周处指挥到一个绝地,不予援助,结果周处力战而死,全军覆没。周处不避权贵,有助司马氏保有天下,可是司马家的人不这样想。为了害死一个忠良,情愿打一次败仗,动摇士气民心,不惜工本。至于覆没的五千步卒,谁无父母,谁无兄弟,谁无尘世的贪恋,谁无生存的权利,他们纳粮当兵,敬畏官吏,何负于晋。司马家的人就更不会这样想了。

这后半截故事,大家同心协力把它埋起来。有一年,某制片家想拍"除三害",我表示了一点意见,我说周处一生可以拍成一部深刻的悲剧,我建议他一直拍到周处战死。他断然说:"这样的电影我们不拍。"那时他懂,我不懂。现在我懂,你懂不懂?

很多故事只剩半截

说故事的人把很多故事"腰斩"了。

例如说弦高犒师。弦高是郑国的商人,以大批贩卖牛羊为业。有一次,他赶着牛群到秦国去卖,走到郑秦边境,发现秦国军队越境而来,显然要攻打郑国。那时人口稀少,秦军的行动无人发觉,弦高赶紧派人回去向朝廷报讯,同时去见秦军的司令官,献上牛群,说是奉了郑国国王的命令前来犒赏秦军。司令官一听,认为偷袭的计划失败了,看来郑国早已得到消息,有了准备,秦军预定的军事计划只好取消。

你以后读到弦高的故事,不要以为我早已知道了,不必再看了。要看,而且先看结尾,因为故事并非到此为止,下面还有半截。

还有"不爱江山爱美人"的故事。二十世纪四十年代,英皇爱德华八世爱上辛普逊女士，两人决定结婚，但是皇室和国会坚决反对。于是英皇毅然逊位，退居温莎公爵，人们说这是二十世纪最伟大、最动听、最美丽、最受人传诵的爱情。

你以后再读到这个故事，请检查一下：这个故事后面应该还有一段。

还有抗战发生，日军进攻松沪，我们有八百壮士孤军固守四行仓库，不肯退却。"中国不会亡"的歌声慷慨激昂，余音至今深在人心。那些说故事的人说到女童军杨惠敏泅水献上一面国旗，国旗在四行仓库顶上升起来，就不再说下去了，好像那些壮士至今还守在那里。

所以，这个故事，你也不能说早已知道了、不必再看了。

半部《论语》半部《圣经》

赵普"半部《论语》治天下"，我一向奇怪为什么是"半部"。现在我知道了，他把另外半部藏起来了。

元微之"曾经沧海难为水，除却巫山不是云"，了不起，可是他说"半缘修道半缘君"，只是一半，还有一半他藏起来了。

自从我发奋把《新旧约全书》细读一遍，我发现牧师讲道也是"半部《圣经》救世人"。自从牧师发觉了我的发现，他就不再称我为基督徒,而称我是"研读《圣经》的人"。

我们是拿着半张地图走路,难怪后来穷途无归;我们是照着半本秘籍练功,难怪后来走火入魔。

一个完整的故事

老李退役后无计谋生,在闹市街角摆了个书摊,那地方是都市的心脏地区,按规定不许摆摊,可是民以食为天,老李顾不了许多。警察看他是退役老兵,也只说了一句:"你没有执照,我装作不知道,有一天上头说你不合法,你得马上搬。"

书摊生意很好,有个清寒的学生常常站在书摊前看报,两个人结了忘年之交。后来那学生没钱,老李就替他交学费。那青年大学毕业,弄到了留美的奖学金,老李慧眼识才,未免自负,心中一喜,就拿出所有的积蓄来为他买机票。老李孤身一人,年幼时没念过多少书,这样做也是心理上的一种补偿。

留美期间,老李怕那年轻人奖学金不够,汇过两次钱。钱是一粥一饭节省下来。那时外汇管制,汇钱出去不容易,老李到处找关系托人。五年以后,那年轻人拿到博士学位,英姿勃发,老李则风吹雨打,树犹如此,倒也很有成就感。

这是上半段。

那年轻人在国外搭上了政治关系,学成回国,立刻做官,冠盖京华,斯人得志,只是想起自己的恩人是一个摆书摊的糟老头子,心中大不自在。新闻记者访问他,问他苦学成功的经过,他举出许多人来,某院长帮助他,某部长帮助他,某大使帮助他,绝口不提老李。他绝对不愿意从老李摆摊的街口经过,总是绕着弯儿走,有时与别人同行,苦难自圆其说。渐渐地,他觉得在交通要道上有那样一个书摊,实在可恶。

一个善体人意的部下

这位学成回国的新贵有个聪明伶俐的部下,姓沈,他看出来老板心中有这么一个结,他认为他有了机会。

有一天,他陪老板闲谈,把话题引到市内交通上。他说:"现在书摊太多,把人行道都塞住了,实在不像话,应该取缔!尤其是没有执照的书摊,应该首先取缔!"说得他的上司一怔。

过了几天,姓沈的陪上司出去开会,两人上了汽车,老沈又对上司说:"我和×局长谈过,警察已经把没有执照的书摊赶走了,某某路上清爽多了。行人上了人行道,不再跟汽车抢路了。"说完,吩咐司机向某某路开行,他的上司又是一怔。

某某路比六年前更繁华,更拥挤,行人道上的书摊更多,只少了一处:转角的地方,老李的书摊是无影无踪了。新贵如释重负,用欣赏的眼光瞥一下老沈,老沈目无旁瞬,一言不发,从此不再谈论书摊。

老李为他的书摊奋斗了一阵子,终归失败,但也弄清了底蕴,事情跟他资助过的那个留学生有干系。他大惊大怒大痛,原原本本告诉了一个老朋友。你猜那人说什么?"老哥!你以前那样帮他,现在他能这样害你?这太不合情理了!我没法相信!"

老李怀着挫伤,向另一位朋友诉苦,那人反问:"这怎么可能?你们中间是不是还有别的问题?"

一夕之间,所有的朋友都话不投机了!

老李犯了大错,他本该把这后半段隐瞒起来。

一笔善善恶恶的账

咱们人类实在奇怪得很。做坏事做到天良丧尽、情理难容,就没人相信他会那样做。

大战时期,纳粹德国残害美军俘虏,手段酷烈异常,消息传到美国,美国人断定这是为了宣传反德而过甚其词,理由呢,太不合理,德国人不可能那样做。

美军的宣传机构把这些意见搜集起来,觉得不能淡然置之,就改写宣传资料,替德国掩饰一部分罪行,只传播那一般人能理解的。这才消除了宣传上的反效果。

摆书摊的老李如果告诉人家:那个穷学生现在做官了,做了官就不理我了,我在马路上碰见他,他的眼睛只看空气。这话人家会相信。现在他说,那个穷学生做了官以后,第一件事是先断了我的生活,这教人家怎么听得懂?

一个司空见惯的公式

人间另一件常见的怪事,就是把责任推给弱者。

所有"忘恩的故事"都是沿着一个公式发展:当施者强、受者弱的时候,双方的关系很好,后来时移势易,施者变弱、受者变强,两人就不能相处了。

除了极少数例外,穷人总是迎合富人,没势力的人总是迁就有势力的人,弱者对强者有依赖攀援之心,即使素不相识还要千方百计搭条线呢,何况当初微贱时就有深厚的交谊的?富贵易交,当然是贵者富者操主动之权。

如果这样想,那就发现这是强者的责任。——如果这是强者的责任,我必须在冒犯强者维持正义或牺牲公道趋炎附势这两者之间选择其一,这就难了!

聪明人愿意树立正直的形象,但是也绝不愿意向强者挑战,他会怎么办呢,怎么样才会鱼熊兼美呢?办法就是转换症结,教弱者负责。

我们又有一个故事。

其实这是一个故事的后半截。

抗战发生,日本军队打进中国,攻城略地,奸淫烧杀。日军走后,那"被污辱被损害的"少妇,跪在公公婆婆丈夫面前听候裁判。

婆婆手里拿着擀面杖,声嘶力竭地责骂:"为什么会是你呢?为什么不是别人呢?"挥动擀面杖就打。

丈夫手里拿着鞭子,血管粗了一倍:"全村的女人都平安,你为什么偏偏出事呢,你为什么偏偏出事呢!"扬起鞭子就抽。

最后,那公公吐一口痰,站起来,指着媳妇:"你该死!你去死吧!"

半夜,那媳妇投了河。公婆和丈夫,都觉得他们堂堂维持了本族本村的道德水准,可以顶天立地做人。

现在,那摆书摊的老汉也就得到这样的批评:"你老兄做人太失败了,好容易有个值得交往的朋友,竟不能把关系维持下去!"

人间事往往如此。你现在知道下半部了。

鸟儿、虫儿、人儿

进化论使人心硬,轮回说使人心软。

虫儿鸟儿生死缘

早起的鸟儿有虫吃。

早起的虫儿被鸟吃。

虫儿应该晚起吗?不,晚起的虫儿被鸟吃掉的机会更大。

晚起的鸟儿没虫吃?不,鸟总能吃到虫。

问题不在早起晚起,而在一个是虫一个是鸟。

鸟类如果有宗教,它们一定相信上帝在造鸟的时候说过:"去吧,地上的虫都是你的食物。"

我的一位舍城居乡的朋友,本着"为鼠常留饭,怜蛾不点灯"的襟怀,买来大包鸟食撒遍住宅周围。依他的想法,这些鸟食由专家配制,营养之外还考虑到色香味,鸟儿饱餐之后也许肯饶小虫一命。结果他非常失望,他发现鸟儿的"最爱",仍是撕裂蠕动的身体,流出绿色的血液,一路摔打吞咽,尽情尽兴。

这使我联想到人类社会中的某些情况。人类中的强者,也许好比是鸟;人类中的弱者,好比是虫。弱肉强食,千篇一律。

有时候,你看得很清楚:强者根本不是为了生存而去宰割弱小,他是出于残忍的习性。或者那是他的娱乐。有些缺德的事,有些违法的事,他根本没有必要去做,正正经经照样日进万金,可是,他还是兴高采烈地做了。

虫,几时进化成鸟?

一条虫永远是一条虫,纵然它们有一天高呼:"起来,全世界受苦的虫们!"经过天翻地覆之后,它们仍然是虫,仍然是鸟的点心。

如果万物是循序进化,由低而高,虫类为何至今一成不变?

你看,鸟在天上,虫在地上,阶级森严。虫类只有努力繁殖,补充损耗,但求在鸟们吃饱了、长大了、繁殖了之余留得一线命脉。虫永远比鸟多,也必须比鸟多!

生了翅膀的虫仍然是虫,无论飞到天涯海角,彼处仍有鸟在,鸟也有翅膀,虫仍然是鸟的粮食。

有一种生了翅膀的虫,紧贴在树皮上活着,鸟儿误以为是树皮,轻轻放过。可是,据说,它制造污染,使树皮变黑,对树有害。于是保护树林的专家来杀这些飞虫,这些虫反而速死。该死的虫！既然树是你的守护神,你为何不反馈他、膜拜他、使他万年长青呢？为什么反而害他呢？即使没有森林专家,你害他也是害己啊！

有一种幼虫,吃有毒的植物长大,体内充满了毒素,如果鸟吃它,鸟一定中毒。鸟居然认得它！鸟反而让着它躲着它！鸟一直等着,鸟的寿命比虫长。后来,这些幼虫长成明亮的蝴蝶,无毒的彩蝶,鸟再来抓他,啄他。

蚯蚓退出光天化日,把自己深深地埋藏起来,在鸟迹不到之处成为一条没有眼睛的虫。蚯蚓知道怎样对付鸟。它的行为,它的生活态度,引起鸟类的千古公愤,鸟最恨蚯蚓,所以最喜欢吃蚯蚓。

如果人类是生物进化的终站

如果我们是从低等动物逐步进化而来,我们可能经过虫的阶段,经过鸟的阶段,到现在,仍然保有虫的成分、鸟的成分。

于是我们从人群中看见鸟,扶摇直上、搏击而下的鸟,茹毛饮血的鸟。

我们也从人群中看见虫。为鸟族提供脂肪和蛋白质的虫。为了全身远害、而自身成为一害的虫。满身是毒、使鸟为食亡的虫。一味逃避、一味隐藏、严重退化了的虫。

从虫的角度看,鸟是"坏人"。从鸟的角度看,蚯蚓是"坏人",按时早起,供早起的鸟儿择肥而噬的虫,是"好人"。

当年武则天手下有个武三思,他留下一行名言:"对我好的人就是好人,对我坏的人就是坏人。"

人有恒言:"在这世界上,好人比坏人多"。那是当然,虫比鸟多,麻雀比鹰多,草比牛多。

千虫狂想曲

人是万物之灵。从人的角度看,虫类未免太笨了,鸟类并不是那么难对付。

一条像人那样聪明的"虫"知道和鸟"交朋友"。一旦高攀成功,它就可以起个大早和鸟谈天,看鸟吃别的虫子,称赞鸟在吞咽时有优美的姿态。

十条聪明的虫可以集会结社,创立学说,鼓动别的虫子以牺牲奉献的情操,先去把鸟喂饱。然后,它们再出来听鸟唱歌。这时,每只鸟都可爱,天气也可爱。

一千条聪明的虫会产生一个领袖,它们跟在领袖后面游行呐喊,要求鸟类吃素。

我曾早起看满地的鸟吃满地的虫,我仔细观察过了,那些小鸟没有一只非肉食不能生存,它们可以吃草种,谷类,饭屑,前面提到还有大慈大悲的人为鸟撒下的饲料。可是,前面也提过,鸟的第一志愿是吃虫子,它们的祖先一向如此,它们也必须这样做才对得起祖先,无愧为优秀的羽类。

一千条游行的虫子可能招来一千只鸟。空前绝后的千鸟大餐。鸟族如有史书,这必是辉煌的一页。鸟说:你们尽管开会游行好了,我们正好一网打尽。

定位:进化论使人心狠

佛教戒杀,最有力的理由是轮回。它说,当你动手杀一只鸡的时候,那只鸡也许是你的父母转世,那么你亲手杀了你的父母。——佛教使人心软。

进化论和轮回有异曲同工之处。高等动物既是由低等动物进化而来,当鸟啄死一条虫的时候,无异伤害自己的远祖。可是进化论使人心狠。

有这么一个人,他很穷,他出很高的学费供给孩子去读私立学校。他的孩子在学校里受了伤,瘫痪了。

学校当然有责任。校长知道他自己的责任。他坐在校长室里思索怎样摆脱责任。他设想那残废了的孩子有个什么样的家长:容易打发还是十分难缠。

那家长到学校里找校长来了。校长严阵以待。你猜怎么样,那家长双膝落地给校长磕了一个头,请求校长给孩子做主。校长立刻放松了自己。他知道在这一刹那他们彼此定了位。他是鸟,那家长是虫。

这以后,展开了"好人"向"坏人"乞讨,强者对弱者侮辱的连续剧。那校长(还是个老立委呢)知道怎样对付那家长,知道怎样保护自己。

好人门前是非多

"好人"的孩子站在墙角看别家的孩子在街心玩球。

"好人"养的狗无精打采、吠声沉闷。

做"好人"的部下,在会议席上要多听少说。

"好人门前是非多",倒霉的事总是轮到他,跟他做朋友,很累。(朋友要休戚相关,是不是?)

坏人：强者的别名？

世上确有这么一种人：有横冲直撞的勇气，不在乎别人的感觉；有巧取豪夺的能力，经常是赢家；有抑弱扶强的智慧，鸡口牛后都胜任愉快；有表演天才，适时展示其道德形象。

这种人是强人，是有本领的人，但在弱者看来他是坏人。也可以说，他只有在面对弱小的时候才"坏"一下，回到志同道合功力匹敌的群中，他也是慷慨的朋友，潇洒的绅士，忠义的干部，或者是先天下忧的老板。

在大老板眼中，只有"有用的人"和"无用的人"，无所谓好人坏人。

在强者群中，只有"对我好的人"和"对我坏的人"，无所谓好人坏人。

强者做一点儿坏事，"他们"都谅解，因为"我也免不了这样做"。有时还欣赏赞叹，暗忖"他做得比我高明"。弱者必须循规蹈矩，克己复礼，左右前后都是道德警铃。

弱者是道德规范最后的守护者。

曹操的宣言

在京戏里,曹孟德冠带辉煌,站在舞台口上高声宣示:"世人笑我奸,我笑世人偏,为人少机变,富贵怎双全。"何等坦白!何等透彻!京戏不可不看。

曹操这四句真言是宣言,也是预言,天下后世曹派传人,得曹丞相一体一貌一鳞一爪者皆不容轻视。

当年我不看京戏,无缘受曹丞相间接教诲,常指某人很"坏"。朋友问:"他怎么坏法?"我能一五一十说出他一串罪状来。朋友听了,或点头微笑,或默然无语,或恍然有悟,没有任何异议。

不久,我发现这些朋友见了那个"坏人"两眼放光,用力跟他握手,寄精美的贺年片,打电话和他谈论舞厅的装潢,等等等等。我越是在外面批评他,他的声望越高。

这是怎么啦?我的信用破产了?不,不,他们知道我是诚实的,正因为他们相信了我的话,这才断定那人"有用",设法争取他做个"好人"——"对我好的人"。

人生在世，总要算一次命

当年我行走江湖，逐水草而居，有一个新成立的机构邀我"跳槽"，待遇可以增加一倍。

待遇越好的地方，内部越复杂，是非越多，我犹豫观望，不能决定。有一天跟我们山东的先进小说家姜贵谈起此事，他说："那就去算个命吧。"

那时姜贵十分相信算命，经常发现"言谈微中"的命理学家。他陪我去拜访一位高人，因资料不全，未排八字，作了一席漫谈，那人给了我一个很奇特的建议，他认为我可以到那个新单位去，但有一事必须做到：事先打听清楚此一单位中有哪些人是"坏人"，开一张名单，到任之后和这些人攀交，变成他们的朋友。

第二天，姜贵打了个电话给我，透露后续的消息。那算命的先生对姜贵说，"你的朋友最好不要到新单位去。"理由呢，算命先生看出来，当他向我提出那个特殊建议的时候，我完全不以为然。

一点也不错，我拒绝了他的建议，可是我也加入了新单位的工作。结果呢，我黯然退出来。

一条全身而退的虫。

人性只有一面发光

秦始皇统一天下,心犹未足,派徐福出海求长生不死之药。徐福要了一艘大船,船上载着五百童男五百童女,一去不返。据说他在日本登陆,把童男童女配成五百对夫妇,生聚教训,自立为王。

想想看,徐福受到多少人的称赞?称赞他见机而作,乱邦不居,可是有谁为那些童男童女喊一声冤?他们都是皇帝向民间征来的,书上没说他们都是孤儿!父母子女生离死别,不是要哭断肝肠吗?童男童女又能有多大,晕船怎么办,感冒怎么办,半夜想家怎么办,在岛上出麻疹又怎么办,他们在父母监护下成长的权利完全被剥夺了,可有哪个诗人画家同情过这一般苦命的孩子?

所以说,人是很残忍的,有时候。

明代有"靖难之变",驻守北京的燕王举兵造反,掀起"南北战争"。当时山东参政铁铉守济南,打过多次胜仗,燕王非常恨他。这一场战役的结果是燕王攻入南京,做了皇帝,铁铉被擒,不肯投降。皇帝于是杀铁铉,罚他的两个女儿做妓女。

铁铉的忠烈事迹震撼天下,按理说应该没有人去嫖他的女儿才是。事实不然,兵部尚书的女儿嘛(铁铉后来做到兵部尚书),这个"头衔"比"花魁""花国状元"更有吸引力,对嫖客来说,五千年也只有这么一次机会。

所以,人是很残忍的,有时候。

可怜虫对百灵鸟

有人活得像百灵鸟一样,最爱批评某人是"可怜虫"。

编词典的人不要忘记了:必须证明这三个字毫无同情怜悯的意思,因为百灵鸟们有一哲学:"可怜之人必有可恨。"

既然是一条可恨的虫,也就活该去做鸟的早餐。早起的人儿看鸟吃虫,"万物静观皆自得"。

梁山伯、祝英台的殉情而死,化为蝴蝶,蝴蝶仍然是虫,会飞的虫,美丽而可怜的虫,高一级的可怜。那个要娶祝英台的马文才死了变什么?我一直担心他变鸟。

被封建制度逼迫而死的梁祝,死后要化蝶供人观赏,还得与人完全无争无害,编故事的人也够狠。

爱他，所以杀他？

有一部影片，以美军为背景，美军中有黑人有白人，黑白各有心结，不在话下。

剧情的核心是，一个黑人士兵突遭暗杀，大家怀疑是白人干的，黑人群情鼎沸，情势紧张。上级急忙派干员调查，一番抽丝剥茧，凶手竟是一个黑人，而且是死者的顶头上司！

这部片子匠心独运之处，是那黑人军官行凶的动机。那军官很优秀，很上进，也很爱黑人，热烈地希望黑人个个知耻知病、出人头地，哪知这个部下如此老实无能！那黑人军官认为，这个样子的黑人，一辈子做奴隶的命，白人当道，他是白人的奴隶，即使黑人当道，他照样是黑人的奴隶！这样的人还是死掉好！

请问，你怎样看待这部影片？

智慧：让"人下人"活得容易些

这世上到处有人下人。由于遗传，智能不如人，就要受别人拨弄；由于教育，学识不如人，就要受别人欺瞒；由于环境，凭借不如人,就要受别人践踏。

没有人下人,哪来人上人?上帝造人自有深意。假使有一天,科学完全控制了遗传,政治家设计人口素质的时候,也必定限制精英的人数,为精英造出大量的垫脚石。

"人上人"为了表示对上帝的感激和对众多"人下人"的安抚,也知道注意那些忍受不道德的待遇而又抱着道德自慰的苍生,经常从中选拔出一些代表来予以肯定,例如说,一年一度的"好人好事"表扬。

所以,举办之初,好人好事的代表都来自下层——我们称之为基层。这是聪明的做法,可以对社会的不公平略施补救。可是不久,上层(这个名词好像没有代用品?)忽然叫嚷起来:难道有钱的人都不是好人吗?于是贸然致富的人挤进来。难道做官的人都不是好人吗?于是青云得路的人挤进来……

真是愚不可及。后来干脆把这个一年一度的活动废除,就更令人莫名其妙了。

我将如何

道德是永远不散的筵席。

善恶第一局

《创世纪》说,上帝创造男人亚当,女人夏娃。亚当和夏娃同居,生出长男该隐,次男亚伯。该隐种田,亚伯牧羊。

这弟兄俩都敬畏上帝,该隐用粮食献祭,亚伯用羔羊献祭。据说上帝喜欢羔羊,不喜欢粮食,该隐因此嫉妒亚伯,弟兄失和。有一次,两人在田里发生争执,该隐把他的弟弟亚伯杀了。

《创世纪》对这弟兄俩的性情气质没有描述。就"因嫉生恨,动手杀人"一节看,该隐是个凶暴的人,亚伯以牧羊为业,在羔羊的烘托下,形象显得善良和平。这骨肉惨变是人类第一件流血事件,后世赋予不同的意义。

有人说,该隐凶案是农业和牧业的冲突,结局是农人失败,牧人胜利,一如美国西部开拓时的景象。有人说,该隐凶案象征人类的善恶冲突,一局终了,坏人胜利。这是一个噩兆,注定了天下后世要发生种种"为恶则强"的情况。

如果仅仅是个"象征",倒也很好,无如所有的神父牧师都坚持这是事实、确实发生过的历史事实。我们万难预料,在世上娶妻生子、替亚当传宗接代的,乃是这个"坏蛋"。

这么说,天下后世芸芸众生体内,流着一个凶手的血液,这实在是中国人不愿意认同的事情。但是中国人也不能否认,"该隐杀亚伯"的剧情在中国也大量翻版或改编,成为中国历史上主要的剧目之一。创世之后,历经三皇五帝,三代四朝,到了宋代,名臣富弼总结他的历史经验,告诉世人"君子与小人处,其势必不胜"。他发现该隐总是压倒亚伯。

虽然如此,人类也一直为着脱出罪恶而努力。该隐和亚伯既是同胞手足,弟弟从父母得来的遗传,哥哥不会完全没有,区别在或多或少,或隐或显。不幸生为该隐之后,只希望把"该隐"的隐下去,该显的显出来。中华文化悉力以赴的,正是朝着这个方向。

所以,无论如何,我们不可以为恶。

不会折断只是压伤

我老了,有机会窥探老人的世界。人到老年,最难心安理得。

多少老人后悔他以前做过的事,他是后悔以前做过好事。例如,有人说,想当年,天天多少公款从他左手右手经过,只要能偶然忘记操守,就可以"三年清知府,十万雪花银",又何至于后来妻子没钱进医院,儿女没钱进大学,自己的老境也如此凄凉。

有一位老人,省吃俭用,他说别看我现在清苦,当年也是房子六七幢,地皮四五块。"咳,想败家,吃喝嫖赌哪样不好?咱偏偏选了个兴学。为了办学校,家底儿全捐出来,老两口从早干到黑,工友生病请假,我亲自打扫厕所。"

后来政府规定,私立学校不是私人产业,要成立财团法人。"那也好,咱请来一桌董事。谁知人心难测,咱还在学不厌教不倦呢,还在'不知老之将至'呢,人家不动声色布置好了,董事会一投票,咱家老两口扫地出门。我这是得的什么报应?吃喝嫖赌还落几个酒肉朋友呢。"

人是脆弱的,这棵会思想的芦苇不致折断,但是可以压伤。现代医学家不断发表研究报告,认为心情抑郁沮丧的人,心脏病发作的概率比别人大四倍。他们又说,每天情绪紧张,或在压力下过生活,其人的免疫系统比别人弱,容易得传染病。至于癌症和"忍气吞声"有密切关系,简直是国民基本常识了。如何处理自己的感情,解释自己的命运,人人要在未老之前学会才好。但是,这对"善有恶报"的人,很难。举例说,同样死于政治迫害,秋瑾应该比岳飞心里好受一些,秋瑾造反,"罪有应得",岳飞可是精忠报国啊!

有个老人说,年轻时的小奸小坏,此时回忆起来最是快乐甜蜜。他发现"君子有三乐",行善并不在内。所谓三乐是:做官挥霍公款(合法的浪费),玩女人倒贴(人财两得),还有赌博赢钱。他对我们说,当他连连打出王牌的时候,他觉得上帝真的眷顾他。"我才是上帝的选民,不是你们。"惹得我们中间一位信徒仰天大呼:"神啊,求你赦免他的罪!"

虽然世事是这么不尽如人意,你我仍然不可以作恶。

冯梦龙的证词

天下本无事,好人自扰之。不信去问冯梦龙,他说有一座庙,庙里的神像是用木头雕成的。有个人出门打柴打到庙里来了,他把神像劈成木柴拿回家烧饭烤火。某善士初一进庙烧香,发现神像失踪,赶紧请匠人雕一座补上。等他十五进庙烧香时神像又不见了,他只好再补一座。那打柴的人没有柴烧就找庙,每次都不会空手回家。后来,那经常烧香敬神的善士得了重病,他眼睁睁望见那打柴的人肚大腰圆龙腾虎跃,心里有不平之气。他问神：我是雕神像的人，他是劈神像的人，他劈了那么多神像当作木柴烧了，为什么反而健康快活？我雕了那么多神像放在神坛上供奉，为什么反而疾病缠身？他百思不解，神终于答复了他的问题，你猜神怎么说？神大喝一声：

你不雕像，他哪有那么多神像当柴烧？

诚然，天下本无事，好人自扰之。不信你去问某诗人，他说：

> 你来拜年你有礼，
> 我不拜年我无礼，
> 我之无礼由你起，
> 算来还是你无礼！

虽然这样，你仍然不可以为恶。

"道德资源"还剩下多少？

有这么一个人，他在接受基督教义之后高高兴兴地告诉朋友："我信主了。"那朋友立刻出手打他一个耳光。

他大惊："你为什么打我？"

那朋友说："耶稣怎么教你的？有人打你的左脸，你连右脸也给他打,是不是? 现在赶快把脸转过来,让我再打一下。"

我们周围密布着这样的人:把德行当作你的弱点,视为有隙可乘。不错,忍让是美德,结果招来别人的得寸进尺。不错,谦和是美德,结果招来了别人的傲慢自大。体谅别人、处处替别人设想是美德,结果无人替你设想。

今人正以惊人的速度消耗这叫作"美德"的资源,就像他们无节制地消耗象牙。"象以齿焚、麝以香死",保护大象的人就趁早把象的牙齿锯掉,把麝的香囊割除。那保护参天古木的人在树干上打进许多钢钉,使家具工厂无所取材。现代君子是否也曾以象、麝自比,愤而自毁呢?

的确有人这样想过,并且实行。这里那里,有人叫喊:"你小子除良安暴,咱老子改正归邪。"歌手约翰蓝侬说:"你必须做个无赖大浑蛋。"竟成名言。

可是,抛弃道德并不等于掌握罪恶,结果,既受道德的压力,又受罪恶的压力。

进入罪恶并不等于能享受罪恶,结果,不愿做道德的祭品,反而做了罪恶的祭品。

一个人,倘若没有能力享受道德,他一定更没有能力享受罪恶。"妾修善未获报,作恶焉能得福?"汉宫中的一个女官曾经如是说,她是班固的姑奶奶,所以这句话留传下来。

世上确有能够享受罪恶的人。这等人多么精明!多么敏捷!多么凶悍!从来懂得怎样去拿到最好的东西。只要上帝给他时间,他必不以享受罪恶为止境,他最后要来享受道德。你与其跟在他后面追逐,不如在原地等他。

听说过"对进战术"吗?

从一九四六年到一九四九年,国共内战。起初,国民党军颇占优势,但共产党军使用"对进战术",打得国民党军节节败退。

所谓"对进战术",就是"你到我家里来,我到你家里去"。那时国共双方各有自己的根据地。每逢国民党调集大军向共产党地区进攻,共军就离开自己的防区,深入国民党部队后方,占领许多名城。

抗日战争后期,国民党部队也曾用同样的办法对付日军。我们现在可以从史料中看见当年蒋介石指挥作战的命令,他在前方部队无法固守时,下令"向敌人的后方撤退",因为日军倾力出击,他的后方是空虚的,双方所见略同,但共产党知道"立名"重要,由立名取得所有权。

"好人"如果厌倦了自己的角色,改充"反派",他会发觉:他空出来的位子被对方迅速占据。这好像全军夜袭,扑上去是个空城,等到废然而返,此身已是无地立锥。

再说一遍:一如我在"国王的故事"里所说,那些出入葡萄园吃尽葡萄的人,绝不会错过道德的盛宴。而且手中有把屠刀的人特别容易成佛,他们绝不缺席,不过是往往迟到。这就是我说过的"出格"与"入格"。

你先到一步,有什么好抱怨的?

伪君子与真小人

人有恒言,宁与真小人共处,不与伪君子同席。为什么?因为"真小人"不掩饰,不造作,明枪易躲;"伪君子"口是心非,防不胜防。

也有人说:"宁为真小人,不做伪君子。"为什么?因为"真小人"做到说到,敢作敢当,总还算是自成一格;"伪君子"遮遮掩掩,心黑胆小,那才教人瞧不起。

这几年我倒有点新鲜的意思,两害相权取其轻,我比较"喜欢"伪君子。你道却又是为什么?

话说有一女子,心慧手巧地虐待婆婆,婆婆年纪太大,没有抗议的能力,只能忍气吞声苟延残喘。那女子在外交际应酬,最喜欢谈她的婆婆。"婆婆年纪大了,越来越像小孩子,也越来越可爱。"其实她离家出门的时候刚刚"开导"过她的婆婆:"你老啦,总有一天活不下去,我们年轻,不能让你破坏我们的生活。"女子又说:"做饭给婆婆吃是一门大学问,要香、要新鲜,低脂肪,低胆固醇,少放糖,少放盐,可是口味要天天变。我专为婆婆编了一本食谱。"其实她给婆婆炒的蛋炒饭,今天吃到第三天,婆婆从冰箱里拿出来,叹口气又放回去,再叹口气又拿出来。这女子还说半夜起来给婆婆盖被子,用轮椅推着婆婆逛公园,她在写小说。可是你猜怎么着,她那些听众有人蓦然想起:"是呀,我该给妈妈买个轮椅才是!"

话说有一个男子,喜欢钓鱼,也喜欢引诱女孩,在他看来这两件事情完全相同。他常说:"对女朋友一定要诚实,她是你终生厮守的人呀!"可是他首先低报了年龄多报了收入。他常说:"我看重灵性。我和女朋友在一起,从未想过她的肉体。"可是他和每一个女朋友上床。有人问他什么时候结婚,他一本正经地说:"我今天早晨照镜子,左看右看都是配不上她,唉!"其实他昨天刚刚把她甩了。满口荒唐言,可是满屋子男女同事都受到感动,据说,确实因此改善了某某先生和太太之间的感情呢。据说,确实由此提高了某某先生和某某小姐的恋爱品质呢!

谎言与真理

这就是伪君子的优越性,真小人万万不及。一个社会维持它的价值标准,靠真君子的身教和伪君子的言教,而真小人是没有贡献的。而且"君子"越"伪",他的言教越生动周密,以言词作心理补偿,效果越好。你当然可以说,由那有孝行的人说孝,由那有真情的人言情岂不甚好?何必退而求其次?阁下,美德是内敛的呀,"发表"和"显扬"的动机早已被削弱了呀。

常有人批评某一个人是伪君子。设筵满屋,有人远远指着首席告诉我:"他是个伪君子。"我听了怦然心动。坐首席的"说头一句话,饮头一杯酒",发言的机会多,如果他是伪君子,我为得人贺。有人告诉我某某和尚是伪君子,因为他吃肉,我说:"好啊,他弘法明道定有过人之处。"有人告诉我某某革命家是伪君子,他怕死,我说:"好啊,他奔走呼号定有感人之处。"有人告诉我某某政治家是伪君子,因为他说谎,我说:"好啊,他的选民一定都诚实。"有言者不必有德,他们做的事各人不一样,他们说的话人人都一样,不论世界如何黑暗,这一线光明摇摇不坠。风声所被,教化所及,忠、烈、侠、义出焉。"谎言千遍成真理",那谎言本来就是真理。

第三代危机

且说一段往事,也算引古证今。

二十世纪六十年代,台北,有个人在西门町包娼包赌。干这等营生要做何等事,结交何等人,说何等语言,那是不难想象。这人是此道中的佼佼者,赚了很多钱。

在那个小小的格局中,他也算个"王"。可是,有一天,他忽然洗手歇业,搬出台北,从此不见了。

难免有赌国仇城一类传说,但是有人知道真正原因。

他的儿子考上台湾大学。他忽然想到要好好培植这唯一的儿子。他要给儿子更换新的家庭背景。他要把自己的历史斩断。他把赌场关掉,不是顶让。他全家远离旧地,选择新环境、新邻居、新朋友、新生活。

他还能称雄一方吗?不能,还能日进斗金吗?不能。连他儿子毕业后有什么样的出路,也是雾里看花。可是他断然如此做。

这就是中华文化加在他头上的紧箍咒。无论如何,他不能也不愿把地下创业的那一套抢抓踢打、阴阳开阖教给儿子,他能公然传授的,只有孝悌忠信、礼义廉耻。

许多大大小小的"王",都像他,最后自己缴了械、废了武功。除了少数"天纵"的资质,下一代就要转型、或者退化,"帝业"因此式微。从这个角度,我们可以对"富贵不过三代"作一新解。

无论是哪一种"王",无论他多么不可一世,都有生老病死。只有他鼻孔下面的众生,万世一系。他万岁,众生一万零一岁。他百代封侯,众生一百零一代。大大小小的"王"从众生中崛起,最后仍然要把自己的身后、自己的子孙交付到众生之中。众生平凡,平凡的人需要道德,所以,大大小小的"王",除非他特别愚昧,仍然要把道德形象还给人民。他是羊群里走出来的虎,最后还原为羊,回归羊群。

否则,众生,在他眼中牛马一样的众生,就是恢恢的天网。

所以,善良的人并没有排错队伍。无论如何要坚守下去,有诗为证:

备战人生

席慕蓉

那极端的柔弱是给婴儿用的

热烈与无邪的笑容给孩童

如丝缎一样光滑的肌肤如海边的
鹅卵石那样洁净的气味给少年
如蔷薇如玫瑰如栀子花的芳馥美丽
都要无限量地供应给十六岁的少女
这是生命不得不使用的武器
为了求得珍惜求得怜爱
给那渴望生长渴望繁殖的躯体

而在长路的中途装备越来越重
那始终不曾自由飞翔过的翅膀
在暮色中不安地扇动直指我心
铸满了悔恨与背叛的箭矢已经离弓
划过如焰火般的晚霞当夕阳落下
美德啊你是我最后的盔甲

（以上四篇选自《黑暗圣经》，北京三联书店出版）

人生经验一席话

人有了一把年纪,难免有人请他谈人生经验,他提出来的答案往往并不是他真正的经验,就像奶粉公司推销产品,海报上印出来的那个胖娃娃并没有吃过他家的奶粉。不过那天我说了真话。

我的经验可以分成两大部分,一部分是太平的经验,或者说是正常的经验,一部分是乱世的经验,也就是非常的经验。这两种经验有很大的差别,你可以说太平人和乱世人简直是完全不同的两种人类。

一九三七年,日本军队制造卢沟桥事变,中国开始八年全民族抗战,这年我十二岁。在这年以前,我是个太平人,长辈灌输给我许多正常的生活经验。这一仗打了八年一个月又零多少天,抗战结束了,接着又是四年内战,前后一共十二年,这十二年是乱世,我做乱世人,乱世有乱世的生活。人在太平时期的生活经验不能应付乱世的生活,我得一样一样否定以前的太平经验,一样一样换上乱世的经验,每一次都像挖肉补疮、或者挖疮补肉,很费一番挣扎。

十二年以后我到了中国台湾,我在台湾住了三十年。开头几年台湾还在准备打仗,还是一个乱世,或者叫做"准乱世",我凭我的乱世经验还可以应付。以后台湾越来越太平,你不能用非常的经验过正常的生活,我得一样一样把我的乱世经验淘汰了、遗弃了,换上太平经验。这又是一次被动的重生、勉强的改造,我得交很多学费,走很多弯曲的道路。

太平经验和乱世经验的区别在哪里呢?长话短说,我年纪小的时候,那些太平长老告诉我,人有一百个心眼儿,九十九个坏心眼儿,一个好心眼儿,你把这一个好心眼儿摆在上面,九十九个坏心眼儿压在底下,你待人接物先用这个好心眼儿,实在不行,你再把坏心眼儿拿出来。后来我长大了,我成了乱世民,一个长辈告诉我,你有九十九个好心眼儿,一个坏心眼儿,你得把坏心眼儿摆在上面,好心眼儿压在下面,你对人对事先用这个坏心眼儿设防,先用这个坏心眼儿探路,你的好心眼儿最后才用得着。

我常想,中国台湾在一九四九年前后为什么所谓外省人和所谓本省人很难融洽呢,一九四九年前后,大约有一百万人从内地迁移到台湾,这一百万人可以说都是乱世民,他们来和六百万太平人混合居住,这两种人的生活经验差异太大,居然在同一时间、同一空间有如此密切的关系!乱世民先用他的坏心眼对付太平人的好心眼,错了;等到乱世民用好心眼的时候,晚了,正赶上太平人开始用坏心眼。双方都没错,只是阴差阳错。这可能是一切问题的根源。

到了一九八〇年、一九九〇年,中国台湾的两千万居民可以说都成了太平人,内地的居民,刚刚度过三年灾害、十年浩劫,可以说都是乱世民。内地对外开放,千千万万太平人涌进去和乱世民摩肩接踵,这一次,台湾的好心眼碰上内地的坏心眼了!两方面都发觉不对劲,两方面都换个心眼,两方面都没错,又是一番阴差阳错。历史决不重演,只是往往类似。这也是许多问题的根源。

有时候,我觉得我像个画油画的,油画可以一面画一面修改。我很用心地画一幅山水,画着画着忽然叫停,我得重新画一群大炮和坦克车。好容易画得差不多了,忽然又不算数,要画纽约那一排摩天大楼,画家的生命就这样浪费了。世事变幻无常,你我一转念之间,周围的八阵图已经换了一百种排列的方式,那一点子生活经验有什么价值呢?我们能不能建立一种永久的东西,无论乱世、太平世都行得通呢?

人生十四感

诗人隐地著《人生十感》,见解独到。我把他的说法浓缩为七感,每一"感"设一个对立面,扩充为十四感,可供茶余饭后一谈。

例如说,安全感的对面是危机感,成就感的对面是挫折感。如此这般,荣誉感对罪恶感,归属感对失落感,使命感对无力感,优越感对自卑感,参与感对疏离感。人生滋味不外如此。

安全感可能居首,"众鸟欣有托,吾亦爱吾庐",安全感,人和鸟的共同需要。人由子宫到棺材,由万里长城到住宅的栏栅,由医疗保险到养老金,都是为安全感而设。既安矣,常在有时想无时,居安思危、先天下之忧而忧,危机感。危机感原可维护安全感,但是也有人(而且是很多人)认为危言耸听,徒乱人意,对安全感构成威胁。自古以来,这两种看法不断冲突、对决。

人,"醉枕美人膝,醒握天下权",成就感。叶落归根,水流千遭归大海,归属感。舍我其谁,我不入地狱谁入地狱,使命感。论刘备,"纵不连营七百里,其奈数定三分何!"无力感。我本将心向明月,谁知明月照沟渠?疏离感。此情可待成追忆,只是当时已惘然,失落感。这个感、那个感轮流交替,有时数味并陈,内心能够宁静的时候很少。

人,生活在不断选择之中。为了荣誉感可以牺牲安全感,"引刀成一快,不负少年头"。为了成就感可以牺牲荣誉感,笑骂由他笑骂,好官我自为之。为了参与感可以不顾归属感,朝秦暮楚,人生失意无南北。罪恶感可以使他放弃参与感,否则无以对天地神明,祖宗之灵。听天由命,都无所谓,"不选择"也是一种选择,任何一种选择都有后果,任何一种后果都包含负数,所以人生常在患得患失之中。

此事古难全:安全感往往产生怯懦,危机感往往产生多疑,以此类推,成就感和自满,优越感和歧视,挫折感和脆弱,荣誉感和死要面子活受罪,归属感和投降变节,使命感和狂妄,无力感和自暴自弃,大都相依为伴。参与感过盛,等同野心,疏离感改变人的信念,使他游离群体之外,没有贡献。有的学者说罪恶感产生自卑感,他们因此反对宗教。

说到这里,你我都可以发现,今日流行的语言中,"成就感"已经代替了傲慢,使命感已经代替了专断,"无力感"已经代替了自暴自弃。前人使用怯懦、虚伪、依赖的地方,今人多半使用安全感、荣誉感和归属感了。当然,不管用什么词语来表达,某些我们不喜欢的品性和行为古已有之,但是称之为"傲慢",尚有遏止、消减的意思,称之为"成就感",就未免美化甚或肯定了,所以某些我们不喜欢的品性和行为于今为烈。由此可见,风气之变不仅排山倒海,而且深入我们的细胞。

这篇文章是先写后想,边写边想。忽然想到人生的这个感、那个感也多半只是感觉而已,"感"是非物质的,非现实的。温水青蛙也有安全感,其实他一分一秒逼近末日。人活在恐怖统治下,早上起床就觉得晚上可能死去,他也活到七老八十。世上多少擅长操弄感觉的人,"大君"的权术之外,还有大艺术家的作品,大资本家的广告,大宗教家的教义。我们活在感觉之中,这个感那个感,都可以是他们的筹码。如果他们让我们"自我感觉良好",这就是好国家、好社会了。

一条背带的故事

人之一生到底要经过多少危险？美国消费者产品安全委员会提出婴儿背带安全警告，因为婴儿背带(baby sling)已造成数名婴儿窒息，还有数名婴儿从背带摔出。想不到人生还有此一险，船过险滩，事后才知道害怕。

婴儿害怕独处，母亲要做家事，使用背带，既可贴近孩子，又可空出两手，当然很好。我见过两种婴儿背带，一种吊在母亲的两肩，容易滑脱，所以婴儿会摔出来。另一种背带吊在母亲颈部，不会滑脱，但是婴儿以弯曲的姿势贴在妈妈的胸腹部，颈部无力，鼻子贴在母亲身上，阻碍自己的呼吸道，所以造成窒息。

专家说，背带还有一险，母亲把孩子背在背上，走来走去操作家务，孩子的头部不停地摆动，影响脑部发育，甚或造成脑震荡。可不是？我小时候眼见邻家婴儿在他母亲的背上睡着了，脑袋像货郎鼓左右摇晃，当时也曾怀疑他莫不是昏倒了？这念头当年一闪即过，今天被新闻报道唤回来。专家没提到婴儿的颈骨，这个部位非常脆弱，君不见战争影片中敢死队偷营摸寨，一只手按住敌方卫兵的头颈，轻轻一扭，卫兵就变成尸体了！

想到这里一阵心惊肉跳。

我见过一条三代相传的背带,它由一位中国母亲在一九三八年制成,时为对日抗战发生之次年。背带主体呈"回"字形,中间那个小口用成束的细线编成网状,为的是夏天透风,婴儿不生痱子,细线非常坚韧,据说是从空军降落伞的废品取来,绝不断裂,据此推测,这位母亲可能是空军眷属。"回"字外围那个大口,以日本进口的阴丹士林布为原料,这是抗战发生前中国民间最坚固、最细软而且最合算的布料,那时就是这玩意儿打垮了中国的土布,加速农村经济破产。"回"字四角有四根布带,使用时上面两根拴在母亲的颔下,下面两根拴在母亲腰间,婴儿的臀部就用那个网状的部分兜住。

我仔细观察了这条背带,这位母亲由大东南战场辗转于大西南战场,用它背大了五个孩子,然后她的女儿取去,由中国台湾迁徙到纽约,背大了三个外孙。背带不换新,并非出于经济因素,而是女儿感念慈母,象征承传。这条背带负重致远,历尽沧桑,居然针线完好,大口和小口的连接处,四角和布带的连接处,针脚密如刺绣,固若焊接,使用时绝对安全。亲眼见过,亲手摸过,才知道孟郊的"临行密密缝"太简单太浮泛了!

虽说背带对婴儿有危险,这一家三代八个孩子,平安度过国家最动荡的岁月,人生最脆弱的时期,我深深为他们庆幸。

母亲万能,想当年家家自己缝制背带,未见商店出售,也从未听说谁家的孩子掉出来,谁家的孩子大脑受了伤害,老天疼憨人,天何言哉?中国老百姓的遭遇大抵如此。

书上说,博物馆的陶俑有母亲使用背带的塑像,可见起源甚早。在纽约这样多民族聚居的城市里,可以看见形形色色的母亲用背带背着她们的孩子,背带的质料、款式和花纹、颜色也是多元文化的一个样相,可见使用甚广。有什么代替品可以淘汰背带呢?完全没有迹象。

新闻报道说,使用婴儿背带的安全方法,是把孩子安置在母亲胸前,让孩子直着上身,婴儿的腹部贴在妈妈的胸腹部。我在地铁站看见许多族裔的母亲这样做,有人同时背两个孩子,一个在胸前偏左,一个在胸前偏右。她们的背带都是工业化大量生产的货物,别有一番繁华。每个孩子分外可爱,如果你要告诉人家"世人都是上帝的儿女",这是恰当的时机。

《弟子规》不读也罢

某些事情,以前中国台湾发生过,后来内地也发生了,有人因此戏称"台湾是内地的先进"。

台湾一度有人检讨流行的教材,指出多处不合时宜。孟母选择邻居,搬了三次家,她希望邻居能有高尚的职业,可以给孩子向前向上的影响,这是职业歧视。一个九岁的孩子,冬天去睡冰冷的被窝,等到把被窝暖热了,让给父母,自己再去睡另一个冰冷的被窝,这是虐待儿童。边疆发生战争,政府下令征召一位花先生入伍,他的女儿花木兰扮成男子,冒名顶替,这是妨害兵役。武松未经政府许可,擅自入山打死老虎,违反野生动物保护法。

现在消息传来,湖北学校删去了《三字经》的"昔孟母,择邻处",山东省教育厅下发通知,严禁各级教育行政部门和中小学校向学生"不加选择地"全文推荐《弟子规》和《三字经》,要求"去其糟粕"。什么是糟粕?武昌一位教育界人士指出,封建思想严重,轻视女性、轻视劳动。还有人说,昔日经典太强调老师的尊严,以居高临下的姿态发布道德指令,违反教育思潮。凡此种种,都比当年中国台湾更彻底更认真,堪称后来居上。

我对这些事情一向甚少接触,现在读了新闻,才知道国内中小学里还在以《三字经》《弟子规》为教材,深感遗憾。说到《弟子规》,里面的"糟粕"更多,"事虽小,勿擅为,物虽小,勿私藏",不能培养孩子独立的能力。父母有了过失不肯更改,子女要哭着喊着跟在后面劝告,即使挨了耳光棍子也不退后,更是妨碍孩子人格的发展。"不关己,闲莫管",打击公民社会的参与精神。今天"资讯爆炸",社会多元,年轻人如果"非圣书,屏勿视",如何适应?

有人说,小时候读原典,长大了自己会反刍,会过滤,会融合,不知这个主张有何根据?据我所知,上一代若要下一代年轻人开始承接中国文化,你得含饭哺人,你得先把食物做成他能消化的东西,你要给他面包,不是小麦。

《三字经》《弟子规》里的确有很多精华,但是这两本教材都用文言写成,每句三个字,押韵。为了迁就形式,尤其是《弟子规》,有些句子很勉强,很晦涩,学习加倍困难,就语文教学而论,也并非良好的示范。精华并不在文字,而是在文字的意义里,今天学校有很多门课程,到底《三字经》《弟子规》中有哪些内容是课程中没有的?如果必须把这些内容传递下去,难道白话不能表达吗?

这个话题很容易跟华侨子弟的中文教材连接,今天在"有海水的地方",还有人主张子女读《三字经》和《论语》,加上《大学》。如果说这三部经典里面有许多内容是英文课本里没有的,我可以相信;如果说这些内容都是英文不能翻译的,我十分怀疑。美文也许不能依赖翻译,如李商隐、温庭筠,玄文也许不能依赖翻译,如《道德经》,现在连《孙子兵法》都有可信的译本,孩子有何理由一定要读"学而时习之,不亦乐乎"!师生费了偌大的力气,一同攻进文言的城堡,孩子进去一看,不过如此嘛!

孩子们生在异邦,认几个"之乎者也",懂一点"平上去入",可以增加对祖国的认同,可以听到自己的血液循环,可以对同文同种的人觉得"本是同根生",这些都很好,这些对尚在练习飞行的"华雏"来说,也都是不急之务。真要传播中国文化,国内应该有人做白话的工作,国外应该有人做英文的工作,万勿仰仗一本原典了事。

(以上四篇选自《桃花流水沓然去》,北京商务印书馆出版)

父亲的角色

父亲节前夕,四位名人座谈做父亲的甘苦,他们充满自信和成就感,大家听了非常羡慕。

我那天想到一点意思。咱们的新文学作品写母亲多、写父亲少,写父亲写得好、尤其少。就文学论文学,母亲容易写,写她的爱,她的付出,"茹苦含辛",恒久忍耐,就能感动天下读者。母亲的卑微和她的伟大成正比,但是你如果以同样的素材、角度写父亲,效果就很难说了,朱自清的《背影》是经典名篇,七十年来浪淘尽多少教材,《背影》始终在国内海外的语文教科书里占一席位置,却也引得多少个窃窃私议:"朱先生怎么把他的父亲写成那个样子!"

应该写成什么样子?依照大多数人的理念,父亲要为全家提供安全感,家庭尊严,社会空间,他不但可亲,还要可敬。母亲对子女只要张开双臂提供一个胸膛,父亲却要在他们头顶上竖起伞盖。传统用词:丧父曰"孤",丧母曰"哀",可见对父亲的态度少了几分感性,多了几分理性。"看父敬子",父亲首先是成功的社会人物。这种无形的角色分配很难抗拒。

这样,"及格"的父亲就没有母亲那样多,可写的"素材"稀有,幸而得之,他的子女如果这样写父亲,这位父亲的形象浮夸,难以进入大众读者的内心深处长年同感共鸣。何以故?因为他自己的父亲不是这个样子。那么何以又抗拒《背影》?因为他不愿意承认自己的父亲也是这个样子。成功的社会人物反而是失败的文学人物,至于"成功的文学人物"像《背影》,那样,却是失败的社会人物。

到底应该怎样做父亲才值得写?到底怎样写父亲才可以成为典范?恐怕是一个很难解决的问题,可以说,作家们或是在规避,或是在摸索。父亲难写是因为父亲难做,这年代做人难,做父亲难,做总统也难,有时候我觉得做上帝也很难,尤其是做中国人的上帝。

五十年来,中国台湾的"外省人"之间流行两句话。前二十多年,为人父者常说他"对得起国家,对不起子女",由于众所周知的原因,他必须离开内地,妻子儿女离散不知下落,即使把子女带到台湾,他也不能让子女受良好的教育,甚至不能提供充分的营养。

后二十多年,另一批为人父者常说他"对得起子女,对不起祖先"。这些人砸锅卖铁也要子女升学,"来来来,来台大;去去去,去美国"。少数父母心急如焚,迫不及待,把未成年子女送出去做"小留学生"。一入异国,先改姓名,族谱上的方块字变成蟹行拼音,而且迁就美国人的习惯,声音往往拼走了样。有一个孩子问他的父亲:咱们不是姓崔吗,怎么老师说我姓"揣哀"(Trai)? 父亲无言可答。敝宅姓王,美国人叫我(Mr.完!)我一听,完了! 这一下子真的完了!

台湾流行的这两句话,显示千千万万"中国父亲"的窘境,为子女,他们"极无可如何之遇"。如果这是"母亲"的脚印,那将是可泣可歌的母亲,如果这是父亲的"行谊"呢? 恐怕子女另是一番感受、社会另是一番估量了吧!

父亲难做,中国人难做,这个时代过去了没有? 父亲,作家,都盼着呢。

植物与钉子

吕家骧在纽约华人学生家长会演讲,劝告天下父母不要"太"爱孩子,如果爱得"无孔不入",子女会觉得"窒息"。他说,如果"太"爱,爱就变成限制,变成监督,变成"保管"。他特别用图书馆作比喻,图书馆的作用并不是把所有的书都"保管"得完好如新,而是要每一本书都有人阅读,有人利用,每一本书的内容都能"发挥"。

这番话引起我许多感想。我倒是经历过图书馆以"保馆"图书为职责的时代,在账目上,每一本书都是公家的财产,买一本书进来,跟买一栋房子相同。这本书不能遗失,不能损毁,要经过复杂的手续才可以注销。我记得,那时候,上级派员到各县市考评当地的图书馆,若是看见许多图书旧了,脏了,破了,封面被管理员换过了(那手工自然做得不够漂亮),考评人员的眉头立刻皱起来,给的分数很低。所以,那时候,那地区,在图书馆里工作的人,都希望没有人来借书,没有人来看书,让他们好好地"保管"那一套财产。

那时候,那地区,还真有无可计量的父母,以无可计量的爱心,"保管"他们的儿女。我的母亲就对我说过:"我不要你伟大,只要你平安。"一件衣服穿久了,总是衣领衣袖先损坏,那年代买衬衫,附送一条领子,供你"半途"拆换。母亲因此说过:"为人还是不做领袖比较好。"何止一个母亲?没听见人人在说"出头椽子先烂"?没听见人家说"儿行千里,母担万里忧"?父母对子女,"捂在手心里怕闷死,含在嘴里怕化掉"?还有人宁可要子女躲在床上抽鸦片了此一生呢。

那年代,倒是没有爹没有娘的孩子,离家出走的孩子,漂流失所的孩子,里面出了些人杰。他们没有坚固的堡垒,没有温柔的樊笼,没有人"太爱"他们,也就有充分的空间。当然,他们的折损率很大,那是乱世,倘若家庭不能保护孩子,世上已没有可以保护孩子的地方,和此时此地无法相提并论。现在,折损率很小、很小,你可以放手、放胆、放心,你也只有放手、放胆、放心。这是一个"发挥"的年代,不再是"保管"的年代。保管,现在必定引起反抗。

吕家骧说,在美国,华人家长是"最伟大的父母",肯为子女们牺牲,华人学生也可以说是"最优秀的下一代",可是华人子女教育问题很多,实在可惜。一番话令人听来动容。为什么会这样呢?他现在面对家长发言,没有学生在场,他要强调家长的责任,他指出一般华人家长有五大过失,前面的保管云云,是其中之一,令我感触最深。其余四项是:对子女的成就期望过高,对子女未来的回报也期许太多;把自己的主观价值观念强加给孩子,不计客观环境的演变;太看重功课,忽视课外活动,更不懂得"社区关怀";不能和孩子良好沟通,想和孩子建立"命令—服从"的简单关系。这五条让我犯了四条,自以为是,在我父母的那个年代,咳,我们不能谈论自己的父母,只能谈论别人的父母,这里那里,直到现在,多少父母都在犯诫,都在面对后果,而且不肯来虚心听讲。

吕氏讲完五诫,有一位女士发言,她说女儿在进了初中之后开始不听从管束,日常生活越来越让她担心,也越来越让她的丈夫愤怒,怎么好?这个话题把演讲会引入另一个高潮,散会后,还有许多人聚在这位女士身旁商谈,忘了去吃午饭。对华人来说,这问题相当恐怖,有人告诉我,移民来美要冒两大危险,一是车祸,一是子女有"变"。他说,如果可以选择,他情愿在高速公路上断一条腿。他说,华人家庭只要行车平安,子女正常学习,都是幸福家庭,不必再怨天尤人。

华人家庭来美后,Teenagers 的问题越来越多,这个英文字,吾友王衍丰译为"挺硬级",孩子到了这般年纪,其挺其硬,令人失色。小说家於梨华则把 Teens 译之为"丁",华人来美,好像是专门来碰撞这枚又挺又硬的钉子。不过,现在,这种钉子在中国台湾和内地也都正式生产了。"好铁不打钉",铁钉一旦钉进木头,就和木头难分难解,一同腐烂,再也没有别的用处。想那十几年前家长会的成立,原为针对"钉子"问题而设,上策,防患于未然,希望好铁不要打钉;中策,遏难于将发,希望铁钉在钉进木头之前回收改造,避免下策,谈何容易,只有尽心焉耳矣。吕氏发表五诫,自有苦口婆心,使我想起故事里那只小鸟,跃入湖中,以全身羽毛蘸水,飞到燃烧的森林上空洒水救火。成语有"杯水车薪,无济于事",成语也有"星星之火,可以燎原",以杯水救星火,星火立刻熄灭,那是大功德。"果"不可知,只有努力种因而已矣。

吕家骥提到,许多华人家长用所有的时间精力去赚钱,用所有的钱支援子女读书上进(所以说他们是伟大的父母)。而下一代也为中国人争光,在各行各业中出人头地(所以说他们是优秀的子女)。可是有一天,父母希望子女回报,两代的情感也许就要破裂了。伟大的父母加优秀的子女,却不能组成和谐的家庭。咳,对子女,你是不能要求回报的,对朋友,你是不能要求回报的,甚至对国家……甚至对上帝……我常说,子女是上帝的,我们只是保姆。古人说"施人慎勿念",应该包括子女,"受施慎勿忘",当然包括父母。敢问天下人,这父母的债,谁敢说还清了?我们不可列举别人的过失,只可列举自己的过失,天地君亲师,我亏欠了那么多,那么多!如果有那么一天,我的子女当然也可以亏欠我,将来,也许有那么一天,他们的子女再去亏欠他们。很可能,人生总是如此。

咳,我们平时读文章,看电视,总见有人说父母的爱是无私的,是无条件的爱,但知付出,不求报偿,这话当然对,但是不圆满。天下父母为子女奋不顾身的时候当然是不计后果的,就像军人冲锋陷阵,连生死都忘了,还会想奖金勋章?可是人心不是止水,到了后来,子女不需要父母付出了,父母没有什么可以付出了,想法就多了,变了,就像战争结束,军人把军中的种种不公平想起来了,"狡兔死,走狗烹"的掌故也想起来了,这是人性。所以忠诚是需要国家培养的,不是取之不尽用之不竭的,政治家很明白。可是天下子女有几人明白,天下父母的爱心如同银行账户,也需要存进去,父母也需要鼓励,父母也像你庭院中的花,要阳光,要浇水。这些,天下子女有几人想到?

在美国,为人父母真的要向植物学习,若是没有人浇水,晒不到太阳,就默默地枯萎,绝不叫喊哭泣,会叫会哭的花木那可是不祥之物!这些植物虽不叫喊,却常窃窃私语,天下父母早已在那里闲话,对子女的奉献要设限,留下自己的棺材本儿。做父母的如果家财万贯,充分供应儿女之后还绰绰有余,自然理当如此,不成问题。若是平生并不富裕,决心留下养老送终的花费,宁可儿女进不了长春藤名校,儿女的一生如此"断送",

他们怎会有"平常心"？两代又怎能和谐相处？咳，为人父母者一脚踏进美国海关，就该发下宏誓大愿，宁可儿女负我，我不负儿女……我不负儿女，宁可儿女负我。

依我想，孩子一旦"叛逆"，为父母者要忘记"命令—服从"那一条鞭，不要以为自己"一声棒喝"就能使他立即痛改前非。不错，历史上有这么一类佳话奇迹，佳话奇迹好比仙丹神药，难依难靠。我想子女成长好比在高速公路上开车，他总是往前走，即使走错了，也还是往前走，你可以希望他转弯，不能希望他退回，"回头是岸"只能是比喻。子女走错路，为人父母者能做的，不是踢他、拉他、拦他，更不是说一声"去你的吧"，猛力向前推他。最好陪着他，走着走着转个弯儿。

"陪他一段"，父母要有为自己赎罪的心情。谈遗传谈报应未免伤人，至少可以说，下一代置身的社会是上一代为之形成的，社会坏了，孩子才变坏，这万般下品都是上一代人的共业，我们有份。父母要有为子女担当罪孽的勇气，我们一介凡夫，无能引导天下的孩子，无力照顾远亲近邻的孩子，自己家里这副重担总要自己挑起来。孩子变坏，使社会更坏，孩子有份，为了他，父母挺胸向前，把自己钉在十字架上。《圣经》教人"行公义、好怜悯、崇谦卑"，公义存心当然要紧，但是不能站在自己的立场上判决。自己的苦就是别人的苦，父母的苦就是孩子的苦,一家的苦就是苍生的苦。自己在整个问题前变小,然后有耐性,然后有爱心,然后有转机,诚然,谈何容易,也只有尽心焉耳矣,尽心焉耳矣!

今天我要笑

据说人是唯一会笑的动物,可惜笑的机会不多。有一辈古人说过,人生最多活一百岁,一个月里头能笑几次呢?这番话后来浓缩成七个字:一月主人笑几回。有人统计过,世界上有多少行业专门制造笑、逗人家笑,人为了买笑,一生之中要花多少钱。笑一笑,十年少。喜乐使人健康,笑是最好的营养品;喜乐使人美丽,笑是最好的化妆品。

我年轻的时候不会笑,想当初少年十五二十时,我们所受的教育告诉我们,笑是低级表情,不笑是高级表情;笑是小我的流露,不笑是大我的流露;笑是苟安逃避,不笑是牺牲奋斗;笑的时候肌肉发软,全身无力,不笑的时候意志坚强,力量集中。先天下之忧而忧嘛,匈奴未灭,有什么好笑!

那时候,学生受严厉的军事训练,你笑,官长说你嬉皮笑脸,惩罚嬉皮笑脸的办法是打。笑是一种能力,那时候,我们一度丧失了这种能力,我不会笑,要笑,十年后从头学。我还记得有一次,当年官长召集我们训话,他说他提倡言论自由,你们对官长有什么批评,尽管说出来。有一个同学说:报告长官,你什么都好,就是脾气暴躁。官长大怒,他说暴和躁不同,暴是暴,躁是躁。我的脾气有时候有点儿躁,但是绝对不暴,你居然说我暴躁,这是公然侮辱长官。他走过去给那位同学一顿拳打脚踢。这件事大概很可笑,是吧?可是那时候我们没有一个人笑得出来。

那时候,中国青年有四尊偶像,所谓世界四大伟人:一位是美国总统罗斯福,一位是苏联领袖斯大林,一位是德国领袖希特勒,还有一位中国领袖蒋介石,他们的照片遍天下,没有一张是笑脸,他们代表当时的主流形象。

蒋介石当然不笑,至少,他不让大众看见他笑,他要作全国军民的表率。抗战胜利那年年底,政府宣传部门推出一张照片,我们看见他笑了,他穿着便装,戴着呢帽,笑容满面,我们第一次看见他的脸型是圆的。现在回想那张照片,表示他要转型,含有划时代的意义。

可惜后来他的照片又不笑了,因为他又要打仗。我听说有人一面下棋一面指挥作战,有人一面打台球一面指挥作战,有人一面读《圣经》一面指挥作战,没听说有人一面笑一面指挥作战。谈笑间樯橹灰飞烟灭,那是一位诗人的幻觉,事实上诸葛亮没笑,周瑜也没笑。

我们也都没笑。

一九四九年,我随国民政府到了中国台湾。各位都知道国民政府是怎么到台湾的,那时候个个面目憔悴,肌肉僵硬。我进广播公司节目部做事情,广播节目应该是制造笑声的工厂,可是那时候不然,广播节目提供的是教条、口号、宣言、警告。那时候也常常有名人演讲,演讲里头没有笑料,货真价实,几乎没有包装,也不附带赠送什么小东西。

我还记得,那时候有人提出来,我们的社会需要笑声,我们只能笑、不能哭,我们的戏剧家要演喜剧,不要演悲剧。可是戏剧工作者说,你这是又要马儿跑,又要马儿不吃草,又要马儿笑!那时候,生活压力大,精神的压力更大,对过去、心里后悔,对未来、心里恐惧,对现在、充满迷惑。于是医学界有人提出警告,他说生胃溃疡的人越来越多,尤其是政府负重要责任的人,健康都在水准以下。他要大家放松心情。现在想想,那时候我是生了忧郁症,那时候没人知道什么是忧郁症,我相信生忧郁症的人一定比生胃溃疡的人还要多。

人是唯一会笑的动物,笑是我们的专长,笑是我们的人权,我们应该笑,我写过一篇文章,题目是《今天我要笑》。我坐在这里放眼一看,看见满座来宾都笑眯眯,都喜洋洋,都非常快乐,都完全健康。现在大家都是会笑的动物,是标准的人类,是幸福的现代人。关心世界和平,但是仍然可以笑;参与国家政治,但是仍然可以笑;每星期都到养老院孤儿院做义工,但是仍然可以笑;四处奔走,为非洲生艾滋病的人募捐,但是仍然可以笑。人人笑得十分自在,十分美丽,十分大方,也十分主流。

快乐跟笑有密切关系,怎样才会觉得快乐呢,有人告诉我,快乐有三个要素:健康、存款、朋友。为什么没提儿女呢,为什么没提配偶呢,配偶、儿女,都得变成朋友才行,周作人说过,五伦只是一伦,就是朋友。为什么强调存款呢,为什么没提宗教信仰呢,是不是有五万元存款的人,比那有十万元存款的人笑得更少,是不是吃牛排的人,比吃炸薯条的人笑得更多,未必吧。快乐不是经济学,是哲学,不是生活条件,是生活态度,并不是因为快乐你才笑,是因为你笑你才快乐。

我在这里作个见证。

我到三十岁还不苟言笑,同事送给我一个绰号叫"鼎公",那表示我表情呆板,说话也没什么趣味。后来我在台北听到一个小故事:二次大战还没有结束的时候,美军里面有一个大兵向长官请假,理由是太太要生产,他得回家照顾。长官说,国家正在需要你,你怎么可以请假!这个大兵说,国家有一亿九千万人爱他,我的太太只有我一个人爱他。那时候,美国全国的人口是一亿九千万。我听到这个故事哈哈大笑,紧接着,我蓦然想起,我没到台湾以前早就听见过这个故事,那时候我没笑,我很不喜欢那个大兵,我认为他调皮捣乱。十年以来,我把这个故事忘了,十年以后,我听见这个故事,居然笑出来。对我而言,这个故事是一个分水岭,同样一个故事,不必增加一分一毫成本,前后效果大不相同。

笑代表同意,代表包容,那个美国大兵请假,我们笑了,我们承认他有理由,我们包容了他,据说他的长官准了他的假,长官批准的时候大概也笑了吧。

我还记得,二十世纪六十年代,台湾流行抽象画,有这么一个故事:台大医院的脑外科给一个病人开刀,医生把病人的大脑拿出来诊断,等到他们想把大脑放回去的时候,发现病人不见了。这可不得了,医生捧着病人的脑子到处找病人,护士担架在后面跟着,他们找遍了台大医院也没看见病人的影子。他到哪里去了?莫非回家去了?他们追到病人的家里,看见病人好好地坐在书房里,他干什么呢,他在画抽象画!当时一般大众看不懂抽象画,不知道画家脑子里装的是什么东西,大家听了这个故事都会笑,但是画家听了这个故事不笑,画家不同意,他认为问题不在画,问题在你们艺术修养太差。如果一个画家听了这个故事也笑了,他一定是超越了专业的立场,包容了看画的人。

笑也是放松。有一种比赛叫拔河,两队人马站在相反的方向拉一根绳子,都想把绳子拉过来,态度非常坚持。其中有一队人马忽然问自己:我要这根绳子做什么？大家一松手,对面那一队立刻人仰马翻。笑就是拔河的时候突然松手。

笑是包容,连别人的缺点也包容。笑是放松,释放自己,摆脱压力。所以常常笑的人心胸越来越宽大,精神越来越活泼,也就越来越健康。人生在世,不如意事常八九,不笑你怎么活！三国演义一开头就说:古今多少事,尽付笑谈中,也就是说我们包容了曹操,包容了孙权,也包容了刘备,我们释放了他们,也释放了自己。笑用不着花钱去买,笑是一种态度,一种哲学,笑可以自己产生,笑会自然而然涌出来,取之不尽,用之不竭。

我现在也能笑,我和别人一块儿笑的时候,我才觉得和别人是同类。今天社会鼓励你笑,欣赏你笑,跟我年轻时代的那个社会多么不同！我一九七八年来到美国,一步走进海关,接飞机的朋友就讲了个笑话给我听。他说,有一年,莫斯科广播电台做街头访问,那时候还是斯大林主政,苏联是个封闭的国家。那时候电台还没开始用录音机,节目主持人得把他访问的对象带到录音室里来,现场进行。那个被访问的人从来没进过电台,他很紧张,节目主持人告诉他,录音室里的声音能传遍世界,你进去以后绝对不要乱说乱动。那个被访问的人不相信,全世界都能听到？难道美国那么远也能听得到？主持人用坚定的语气告诉他,即使是美国也听得到。于是这个人放心大胆走进录音室,红灯一亮,开始说话,这个被访问的人、这个莫斯科的老百姓站起来,对着麦克风大喊一声:救命啊!

我到处打工,遇见一个老板,他对我说,笑口常开的人可靠,他办事我放心。有一次,同事大伙儿在老板家聚会,老板的房子很大,菜饭很坏,暖气很低,但是老板妙语如珠,大家笑声不断,听老板说笑话你怎么能不笑! 有人告诉我一个故事,他说,老板说了个笑话,整个办公室哄堂大笑,只有一个人没笑。旁人悄悄问他为什么不笑,他说我用不着再笑,下星期我就辞职不干了!

可是我的老板讲笑话的时候我没笑,他说英语,我听不懂,没有反应。他知道我不懂英语,换了个办法考我,他教我用中国话说一个笑话,指定一位同事做翻译。

我接了他抛过来的球。我说,时间,晚上;地点,戏院里。戏不很精彩,好在快要演完了,只见舞台上,罗密欧在朱丽叶的客厅里,罗密欧热情,朱丽叶害羞。罗密欧说:朱丽叶,给我一个吻,我要回家了。朱丽叶说:不! 罗密欧又说:朱丽叶,吻我吧,我要回家了!

朱丽叶还是说:不! 罗密欧不放弃,他第三次要求:我要回家了,朱丽叶,给我一个吻吧! 这时候,有一个观众站起来大声喊叫:快点吻他! 我们都要回家! 多亏那位同事英文棒,翻译好,老板哈哈大笑,老板一笑,大家都是他的部下,当然要笑,于是来了个满堂彩。那天晚上,老板对我很客气,第二天,办公室见面,他告诉我,他要给我加薪水。

今天的社会处处见笑脸,处处听笑声。今天我要笑,一天开门八件事,柴米油盐酱醋茶,笑!每天晚上,吾日三省吾身,今天笑了没有,笑过几次?不笑,对不起你的十二指肠。

(以上三篇选自《白纸的传奇》,江苏文艺出版社出版)

唯爱为大

一

有很多故事的开头第一句话总是"从前,有一个王国",可是接下去就千变万化各有各的精彩。第一个故事说,国王一直想知道人生的意义是什么,人为什么要活在这个世界上。为了答复这个问题,国内最有学问的人为他写了一本书,可是他一直没有时间看。后来他生了重病,自己知道要离开尘世,就要求那最有学问的人把答案浓缩成一句话,使他能在死前解开心中的谜团。那人就走到病床旁边,弯下腰去,在他耳朵旁边低声说:"人生,就是上帝叫一个人来到世界上受苦,然后,他死。"国王听了,恍然大悟,他说:"哦,原来是这样的!"他就死了。

我在《开放的人生》里引用这个故事,擅自在答案后面加了一句。我说,由于版本问题,这个答案不完整,它的全文是:"人生,就是上帝叫一个灵魂到世界上受苦,然后,他死;然后,他受过苦,后人不必再受。"无可讳言,我在增添这句话的时候,心中想到耶稣。依基督教义,耶稣受难,死于酷刑,世人因他的死而有机会"不致灭亡,反得永生"。这是人生的终极答案,也是生命的最高境界。

这是不是太难了?世上有几个人是耶稣呢?我想,大圣大贤所立的榜样应该人人可以做到,否则,他出世的意义就太小了。须知我们每个人都有机会把痛苦加给别人,也都有能力减少别人的痛苦。当我写这篇文章的时候,电视正讨论垃圾回收的问题。采访显示,不知有多少房客,不理会分类的规定,仍然把所有的垃圾丢进一个垃圾桶里,反正处罚的是房东。你看,几个房客就可以给一个房东增添很大的压力,添无尽无休的麻烦。如果人事无常,这个房东忽然做了房客,他该怎样处理自家产生的垃圾?"多年媳妇熬成婆"捞回老本?还是"己所不欲,勿施于人"?两者他都能做到。只要他愿意。

二

"多年媳妇熬成婆。"在我们的社会里,婆婆的特权一去不返,这句话只落了个比喻。从大处着眼,现代人受的苦少,古代人受的苦多,社会照着神的意思发展。想想这世上多少圣贤才智,英雄豪杰,他们各自有不同的抱负,归纳起来,主要的抱负不过是"前人受过的苦,后人不必再受"而已。在巴赫的时代

(1685—1750),麻醉药还没有发明,巴赫因眼疾开刀,医生的办法是用橡皮棍子把他打晕。以巴赫这样的音乐天才,竟然受这样的折磨!现在,你我都免掉了这样的苦楚。那发明麻醉药的人,就是一个小型的基督。

在我年幼的时候,家乡还有人给女儿缠足。缠足是一件痛苦事情,事实上它是把孩子的两只脚弄成残废,为了使脚小,母亲可能要用针尖刺遍女儿的脚背脚趾,放出血来,女儿哭,母亲也哭。"小脚一双,眼泪一缸",缸中有母女两人的泪。一双脚缠小了,缠定了,那也不是苦痛的结束,女人一生受小脚之累,忍辱含垢,处处输人一着。幸而有提倡天足,反对缠足,女人不必再自己戕害自己的健康,这也是"前人受过的苦,后人不必再受"。

想想看,人的痛苦是哪里来呢?战争使人痛苦,幸而战争不常有。天灾使人痛苦,幸而天灾也有一定的范围。但是有一种痛苦,时时有,处处有,永远没完没了,那就是人加给人的痛苦。你坐地铁,座位的椅背上涂着口香糖胶,有人想留点痛苦给你。你看电影,座位在椅垫摆着图钉,有人想留点痛苦给你。为什么公共厕所那么脏?无非是每个使用厕所设备的人,都想自己省点事,别人费点事。古人说"苛政猛于虎",老虎难得一遇,而那些捕快、衙役、税务、师爷、地保,总是与你长相左右。

除非你特别留神,你随时可能增加别人的痛苦。有人反对这句话,后来,他的孩子进了哈佛大学,他把孩子的照片放大了,挂在客厅里,一有机会,就指着照片对亲友称赞孩子的天资,夸耀孩子的成绩,兼及学校中的草木鱼虫、学生间的酬酢往还。亲友听了坐立不安,因为他们的孩子进不了哈佛。这样过了四年,四年后,孩子由哈佛毕业,客厅里换上了孩子的毕业照,增加了孩子的毕业文凭,他继续"虐待"来访的亲友。我不知道现在还有人看《曾文正公家书》没有,曾国藩特别注意防止人在得意忘形中挫折别人,对家中子弟再三告诫。看了他的书,你才发觉,无论我们的地位多么低微,都有力量伤害别人,若是拥有财富权势就更不必说了。

三

为什么要"使自己受过的苦别人不必再受"呢?因为那样可以有更好的生存环境。要怎样才可以"使自己受过的苦别人不必再受"呢?那要心中有爱。"神爱世人",所以舍子;子也爱世人,所以舍己。基督以身作则,先走一步,他希望世人以自己的本分、自己的能力跟进,所以说"愿你的旨意行在地上,如同行在天上"。爱是什么?爱是希望你好,尽我的力量帮助你更好,你比我好,我不嫉妒,帮助你,我不后悔。父母看见子女俊美,会嫉妒吗?医生看见病人痊愈,会后悔吗?教师看见学生进步,会痛苦吗?当然不会!他们心中有爱。基督精神就是这"爱"的持久和扩大,加上升高。

爱,不但减免别人的痛苦,也减免自己的痛苦。我有个朋友,在某某大医院里做药剂师,他们药界有个规矩,上班后站着工作,不能坐下。医院太大,病人太多,配药的部门非常忙碌,他天天做到筋疲力尽,二十多年做下来,心里生出一个念头。他对我说,他每天面对排队取药的长龙,不免狠狠地自问:"这些病人为什么还不死呢?为什么还在吃药呢?"内心烦躁,郁郁不乐,终于患了高血压。我劝他爱那些前来取药的人,他不以为然,问我:"爱他们,我能得到什么?"可是恨他们,又能得到什么?"爱"得不到的,"恨"更得不到。

四

那是很久很久以前的事了,在山东,一个父亲,一个母亲,一个儿子,组成一个家庭。山东人常说"无仇恨不成父子",也许因为有代沟,也许到了反抗期,十六岁的儿子和父亲闹翻,离家出走。就在儿子掉头不顾的时候,母亲追上来,一路追赶,一路叮咛:"孩子啊,你出去散散心,什么时候想回来,你就回来。"儿子走后,母亲除了倚门倚闾以外,每天晚上都在窗前点一盏灯,终夜长明。每天晚上睡前都收拾孩子的床铺,把被子打开,枕头摆好。每天都烧半锅稀饭,灶下留着火烬。每天夜里都不闩门。终于有一天,他的儿子回来了,白天怕羞,躲在村外的树林里等天黑,等夜深,窗棂上的灯光给了他勇气,他站在自家门外,伸手推门,他的手一碰到门,门就开了。进了门,掀起锅盖,舀起稀饭就喝,掀起被窝,倒头便睡。一天的风雨就这样过去。

也是很久很久以前的事了,也在山东,也是一夫一妻一子三口之家,也是儿子离家出走,那父亲一路追,一路骂:"你死在外面好了,敢回来,我打断你的狗腿!"第二天,做父亲的就找来木匠,大门换了新锁。终有一天,他的儿子也回来了,也是躲在村外的树林里等夜深,可是下面的情节不同:他推门推不开,用原来的钥匙开门,投不进。他在门外徘徊了半夜,没有勇气叫喊,又向村外走去。这一去音讯杳然,生死茫茫,任凭做父母的追悔莫及。

"爱能遮盖别人的罪",这话一点也不错。如果我们加以引申,遮盖了别人的罪,往往也避免了自己的悲剧。前者是付出,后者是报偿。

五

有大爱,有小爱。最大的爱是爱仇敌。人若能爱仇敌,他就能爱一切人。犹如一个举重选手,他能举起两百磅的铁球,那么一百磅、五十磅、三十磅,也就能举起来。犹如一个数学家,他会高等数学,那么加减乘除自然不成问题。"先立其大者,则其小者不能夺也",所以耶稣要他们的门徒爱仇敌,这是最大的爱。百川汇成爱之大海,海水蒸发成云,云腾致雨,又成百川之源。

也记不清有多少人了,他们说:"要我做什么都可以,唯有爱仇敌办不到。"一九四七年的圣诞节,我在河北读《大公报》,这天的社论中提到爱仇敌,这位主笔认为爱仇敌"何其违反人性,何其不可能!"我常想,如果爱仇敌是这样困难,基督为什么要出这样一道难题给我们做,如果把世人都难倒了,岂不违反他降世的本意。

有一天,我忽然看见一点亮光。我想起故乡流传的一个故事。据说有个摸骨看相的专家,偶然看见一个小孩子,就对孩子的母亲说,你的儿子生了一身大富大贵的骨头,将来会操生杀大权。这个做母亲的十分兴奋,她在厨房里一面切菜一面自言自语,用刀剁着切菜板,数半生恩怨,将来儿子操生杀大权的时候,定要张三李四人头落地。她每天在切菜的时候行刑,一个月工夫,差不多把亲邻杀光了。

依民间习俗,厨房里有位灶神"上天言好事,回宫降吉祥",是老天爷派驻的耳目。这位母亲用切菜刀剁着砧板所发的宏誓大愿,老天爷都知道了。老天爷说:"这怎么行!她的儿子凭什么操生杀大权?"左右回奏,因为孩子生了一身大富大贵的骨头。老天爷说,那就给孩子换骨头。

于是孩子忽然生病,高烧不退,神志昏迷,由天上派下来的外科医生执行换骨手术,把孩子全身的骨骼都抽掉了,只有牙齿如故。这孩子长大以后成为名医,药到病除,天天有病家请他吃酒席,他那一口富贵的牙齿仍在,跟操生杀大权的人有同样的享受。

六

这孩子为什么后来做了医生?老天爷为什么要他做医生?正是为了教他爱仇敌!医生总是想把病人治好,即使是他厌恶的人,是他憎恨的人,是他猜忌的人,他仍然要尽心治疗,看见病人一天天恢复健康,他会很安慰、很快乐。换言之,他母亲拿切菜刀要杀的人,正是他要救的人。所以说"医者父母心","医者视病如亲"。

依我来说,我是一个作家,我爱文学,也爱读者,我总是尽心、尽力、尽意把文章写好。我总是把最好的内容、最好的形式拿出来,希望对读者有益处。我的文章登在报纸上,人人可以看见;朋友看了,就是我爱了朋友,敌人看见,就是我爱了仇敌。

照这样看,"爱仇敌",也许不是那么困难;"爱仇敌",也许我们天天都在做。也许,正因为如此,耶稣才说"我的轭是容易的,担子是轻省的"。也许,正因为如此,耶稣才提醒我们:"上帝降雨在义人的田里,也降雨在恶人的田里。"

有一个作家,他坚持反对爱仇敌。他恨有钱的人,恨上流社会。他想了一个报复的办法:写色情小说。他以上流社会为背景,写上流社会人物的性生活。写他们颓废淫乱,尤其着意引诱他们未成年的子女堕落。他是很好的作家,技术相当出色。他的书一本一本出版,一本一本畅销。他面对上流社会宣称,我要朝你们脸上抹灰,铲断你们的根苗。可是结果能怎么样?"上流社会"的孩子学坏了没有,我不知道,他自己的孩子倒学坏了。因为他每一本书上市以后,他未成年的子女都是忠实的读者。他本人,也沦为一个不受尊敬的三流作家。你看,不爱仇敌就不能爱朋友,不能爱亲人,甚至不能爱自己。

七

保罗说:"有信有望有爱,其中最大最要紧的就是爱。"

我想,如果没有爱,也就没有信。既然世人的处境与我痛痒无关,为什么还要相信人生的意义在于"使自己受过的苦,别人不再受"呢?如果没有爱,也就没有希望,既然世人的结局由他们自作自受,为什么还要盼望终极的救赎呢?信望爱循环相生,三位一体,唯爱为大,唯爱为先。

若是有信而无爱,那人必定残忍。中国历史上有个张献忠,他坚信世人都有罪,都该受上天处罚,可是他没有爱,他想出来的办法是杀杀杀杀杀杀杀。张献忠究竟杀了多少人,历史学家也说不清楚,四川省被他杀得人烟稀少,要向外省引进移民。他的大军所到之处,老百姓纷纷逃亡,有一个穷苦的老头子,自以为太穷、太老,没有逃走,他向张献忠诉说自己的苦况,张献忠说:"你既然这么苦,为什么还要活下去?"手起刀落,亲自把那人砍死。

张献忠下令用女人的小脚堆成一座小小的金字塔,他需要一双最小的脚做塔尖,找来找去都不称意。他忽然看见自己的爱妾,看见她的脚完全合格,立刻砍下来使用。他杀人理直气壮，问心无愧，坚决相信符合天意。

若是有望而无爱，那人必定自私。世人谁没有愿望？谁又没有私心？愿望和私心孪生。"望子成龙"把儿女当私产，"望治心切"却又逃税，"望梅止渴"却又杀果树劈木柴，这种例子比比皆是。有人热烈地盼望自己做富翁，他也坚信一块钱加一块钱必定等于两块钱，可是心中没有爱，他变成一个守财奴。必须心中有爱，有大爱，所信所望超乎自己的利害，信望爱三者俱足。

八

有一位太太被丈夫所遗弃，向亲友诉说内心的愤怒和痛苦，亲友提不出因应的办法，我在旁插嘴："那就信教试试吧。"半年后，这位太太打电话给我，她说，半年以来礼拜从未缺席，捐款从未后人，祷告从未减少，可是，她问："耶和华不是说'申冤在我，我必报应'吗？为什么那个没良心的还没出车祸？"

我对她说，世上苦人多，基督徒心中有爱，他关心别人的痛苦，他自己的痛苦因之纾解了，升华了。她立刻反问："既然是这样，我们信这个教干什么？"我心里想：我的天！这个问题叫我怎么回答！可是我马上有了答案，我说，爱人是一种能力，我们能力不够。宗教信仰可以培养并提升这种能力。世上如果有一种崇拜,只要他一念咒,就有人会死亡,这种宗教必不能源远流长,人必设法去消灭它。世上如果有一种宗教,只要你捐钱,就会加十倍百倍赚回来,这宗教的信仰者必不受尊敬,人们把他归入放高利贷一类。中国民俗传说中的送子娘娘,她自己是没有孩子的,唯其无子,所以助人得子。这里面有宗教的情义。

所以宗教必须有神,宗教徒必须信神。哲学不能代替宗教,美育也不能代替宗教,因为哲学和艺术里面没有神。有神,才有至高的榜样,才有可依赖的价值标准,如果没有这个价值标准,损己利人是愚蠢,舍己为人是可怜。如果没有这个价值标准,人只能为了利己而爱人,"爱"只是工具,是谋略。如果没有这个价值标准,"爱人如己"者终必后悔,他必定成为反面教材。如此,决不能建造一个美好的社会,寻回我们失去已久的乐园。

(选自《心灵分享》,台北尔雅出版社出版)

名言短讯

　　一个人只有东倒西歪,教人看起来像个笨蛋那样,才能学会溜冰。

　　萧伯纳在他的作品里如是说。他是英国的戏剧家,诺贝尔文学奖得主,他的剧本对二十世纪三十年代中国文学的发展有重要的影响。

　　初学溜冰,不但姿势难看,也免不了摔倒。我们常说,从哪里跌倒,就从哪里爬起来,冰上很滑,学溜冰的人又穿着冰鞋,如何爬起来也要经过艰苦的训练。

　　由溜冰想到游泳,想到骑脚踏车,都有一个丑陋的学习阶段。人在学习的时候总是显得有些笨,有些傻,有些滑稽可笑。由此想到,人过中年为什么不容易进步,因为他放不下身段,不愿再示弱于人。由此联想到当年康熙皇帝怎么能跟外国教士学数学,也许只有外国教士能教他,他学习时低人一等的模样,也只能让外国教士看见。

　　年轻人还没有出现这种阻碍学习的自尊心,所以人生的第一个阶段称为学习期,因此称为人生的黄金时代。别笑我说教,我诚心诚意,主张人在学习期要不计一切好好学习,我也诚惶诚恐,劝人把学习期尽量拉长。

汉代的刘向说,少年学习像早晨的阳光,壮年学习像正午的阳光,老年学习是灯烛之光。延伸一句:老年还不肯学习呢,那就是一片黑暗了。

当你下场溜冰的第一天,会得到一些笑声,坚持下去吧,几个星期以后,他们就笑不出来了。

* * * * * *

> 与怪物战斗的人,应该小心自己不要成为怪物。当你凝视深渊时,深渊也在凝视你。

尼采这样说。这位德国的哲学家,也曾迷倒一代中国人。最后两句"当你凝视深渊时,深渊也在凝视你",如同写诗,所以有人把他的著作列入文学。

辩论本是一方想说服另一方,实际上往往是双方交换思想。近在眼前,自由主义和集体主义相互为敌,一个自由主义者和一个集体主义者相互辩难的结果是,两个人互换了位置。一个主张"性开放"的女子和一个主张守贞的女子做了朋友,两个人都批评对方的思想和行为,结果那个开放的人收敛了许多,那个一向保守的人却渐渐没有那么拘谨了。你是否记得,一个慷慨的人,自从他跟他那个小气的朋友激烈争吵之后,也开始精打细算,那个小气的朋友也忽然大方起来。

纪伯伦也写过一件事:两位学者,一个是无神论,另一个信仰上帝,两个人一见面就辩论。有一天,他们在一场激烈的辩论之后,那个无神论者到神殿里匍匐跪拜,求神宽恕他的罪;另一个教徒烧掉经典,再也不相信有神。

也许,因此,一种思想不能永远保持纯粹,总是一面发展,一面加减乘除。

******

梁启超说:

> 老年人如夕照,少年人如朝阳。老年人如瘠牛,少年人如乳虎。老年人如僧,少年人如侠。老年人如字典,少年人如戏文。老年人如鸦片烟,少年人如泼兰地酒。老年人如告别行星之陨石,少年人如大洋海之珊瑚岛。老年人如埃及沙漠之金字塔,少年人如西比利亚之铁路。老年人如秋后之柳,少年人如春前之草。老年人如死海之潴为泽,少年人如长江之初发源。

梁先生是清末民初的学者,思想家,文学家,他的文章"如长江大河,气势澎湃",说服力很强。在当年那个老人挂帅的社会里,他反侵申说年轻人的优点,年轻人的重要,向老年人的权威挑战,雄辩一时。

梁先生的这段话,对老年人颇有贬义,但是并未完全否定老人的价值。他说"老年人如僧,少年人如侠",僧和侠都受人尊重。他说"老年人如字典,少年人如戏文",字典和戏文都合乎社会的需要。可以说,老年人和年轻人各有所长,最好能够合作互补。英国的培根有一段话,他是这样说的:

> 青年人比较适合发明而不适合判断,适合执行而不适合磋商,适合新的计划而不适合固定的职业。

我也年轻过,现在老了,我知道年轻人的感受,这个社会到处都是缺点,老年人把这样一个烂摊子交给他们,要他们来收拾,他们有怨言。我倒是看棋多看了一步,他们抱怨的那些老年人,当初年轻的时候,从上一代手中接过来的,也是一个千疮百孔的社会,他们挖肉补疮,留下一些新疮。每一代的接班人,都是为上一代还债,为下一代欠债,今天的年轻人也很难例外。

如果能这样想,年轻人和老年人合作就没有什么困难。

* * * * * *

> 世上只有一种英雄主义,就是在认清生活真相之后依然热爱生活。

罗曼·罗兰,二十世纪法国著名的作家,一九一五年诺贝尔文学奖得主。当年评论家都说他的小说很伟大,现在,除了研究文学的人以外,读者不多,只剩下若干名句流传。

顺便介绍一下,当年哲学家、政论家都以为自己掌握了唯一的真理,讲话用独断的语气,文学家深受影响,所以有"世上只有一种英雄主义"这样的句子。若是换了现代人,大概会说"英雄不止一种,我最佩服的英雄是……"

认清生活真相之后依然热爱生活,这句话是什么意思呢?原来教科书告诉我们,生活是美好的,所以要爱它。后来我实际上深入生活,发现生活也很丑陋,也很冷酷,我就不爱它了。只因为遇见一个女孩子玩弄你,你就否定了爱情,只因为遇见一个乞丐欺骗你,你就否定了慈善,用罗曼·罗兰这句话来衡量,这是怯懦的表现。要认清生活真相之后依然热爱生活,才是英雄。

罗曼·罗兰并非向我们描述一个完美的社会,他描述一种完美的人格。在恶浊的人世出现圣洁,在庸俗的人世出现高雅,在自私的人间出现无我,这样的人,罗曼·罗兰称之为英雄。揣摩罗曼·罗兰的意思,英雄是永不绝望的人,对国家不绝望,对家庭不绝望,对朋友不绝望,对古圣今贤的一切努力永不绝望。当然,对自己的圣洁、高雅、无私也永不绝望。

※※※※※※

美国的小说家马克·吐温说话一向有趣,他在一九一〇年就去世了,想不到他老早给我们留下这么一段忠告:

保持健康的唯一办法是:吃你所不愿吃的东西,喝你所不爱喝的饮料,做你所不想做的事情。

什么是你不愿吃的东西?粗粮、糙米、青菜。什么是你不爱喝的饮料?开水。什么是你不想做的事情?早起、戒烟。专家们早就警告,孩子们吃太多的牛油蛋糕,喝太多的可口可乐,他们批评各种快餐危害健康,提出惊心动魄的口号:"吃得快,死得快!"心脏病科的专家早就警告美国人少坐车,多走路,少坐电梯,多爬楼梯,他们甚至说:"对生命最大的威胁不是车祸,而是以车代步。"

今天读马克·吐温的忠告,自然联想到环保。今天空气污染、土地污染、水污染,都到了非常严重的程度,倘若任其自然,人类可能灭绝,地球可能成为废墟。救治之道,千言万语,若要执简驭繁,正是马克·吐温的那三句真言。在这里,个人的生死健康,和人类的兴灭存亡,居然联系起来,生而为"人",从来没有这么重要。其中最重要的是年轻人。

马克·吐温的那三句真言,要我们改变若干生活习惯。陀思妥耶夫斯基说:"一个人的后半辈子均由习惯组成,而他的习惯却是在前半辈子养成的。"那些活到后半辈子的人,改变坏习惯已经很困难,这些还在前半辈子的人,养成好习惯比较容易。前半辈子养成的好习惯,可以一直延到后半辈子,自己终身受惠,社会全体受惠。休怪我总是拿年轻人说事儿,一个年轻人不爱听,那是他的命,全体年轻人都不爱听,那是咱们全人类的命。

* * * * * *

天才就其本质而论,只不过是对事业、对工作过程的热爱而已。

这是高尔基说的。写到这个名字心中一惊,这位俄国作家,当年是我们的偶像,现在怎么好像被淘汰了? 不但作品难得见到,可以流传的名言也不多了。

他的这句话很漂亮。类似的名言很多,例如爱默生说,耐性是天才必不可少的素质之一;爱迪生说,天才就是百分之九十九的汗水加百分之一的灵感。只有高尔基先生拈出"过程"两个字来,与众不同。对天才而言,最重要的是工作的过程,而非结果。现代家庭,父母希望子女学医,收入高,受尊敬,那是看上了学医的结果。女儿偏要去学做西点,烘焙面包,他喜欢闻厨房的香味,看面团发酵变色的样子,这是偏重过程。结果和过程的争执,常常造成两代之间的隔阂。

有人怕见血,有人怕闻消毒药水,谁家子女如果有学医的天分,这些他都不怕,他会爱上医疗过程的每一个细节,如作曲家爱上每一个音符。他不厌反复,乐此不疲,他的天才在过程中发挥,所有的过程在他的天才中完成。只问过程,不计结果,正是今天年轻一代的特色。

******

起支配作用的私欲,常常被误解为一个人投身人类事业的神圣热忱。

这句话很出名,到处有人引用。类似的见解别人也有,例如发公论者往往挟私心,政客依自身的利益制定政策政纲。也不知道哪些话是谁说的,现在这一句:"起支配作用的私欲,常常被误解为一个人投身人类事业的神圣热忱。"有名有姓,埃·哈伯特,这是一位美国作家,我没读过他的书。

埃·哈伯特说得好,也许有人可以说得比他更好。制造汽车的资本家要卖车,催促政府多修公路,他说发展交通,促进经济繁荣,他不说卖车;他鼓励大家买车,他说现代人对速度要有观念,节省时间,征服空间,事业容易成功,他不说买车;家长送女儿读女子学校,发现宿舍围墙后面的路灯昏暗,宿舍的窗帘也太薄,他联络一些家长对学校施压力,换窗帘,对市政府施压力,装路灯,他说防范歹徒犯罪,增加市民安全,不提他的女儿。这叫做"把主观的利益客观化",把个人的愿望放在大众的愿望之中求实现。这种做法很好,不妨鼓掌。

古人说:"一人之心,千万人之心也。"当年孟夫子劝一个国王行仁政,做圣贤,国王说我做不到,我喜欢钱财。孟子说没关系,每个老百姓都喜欢钱财,国王可以鼓励生产,让家家脱贫致富。国王又说我有缺点,我好色,孟子说没关系,每个老百姓都需要结婚,老百姓有了家产,可以该娶的娶,该嫁的嫁。他老人家早就懂得主观的利益和客观的利益要结合。

"把主观的利益客观化",也就是做到"一人之利害,千万人之利害也。"拿千万人做题目,文章就好做了。

※ ※ ※ ※ ※ ※

生命之箭一经射出就永不停止,永远追逐着那逃避它的目标。

生命像射箭一样,要瞄准靶心。生命像射箭一样,不能回头。生命像射箭一样,一箭落空,你还有第二支箭。多少人拿射箭作比喻,罗曼·罗兰别出心裁,说这支箭"永远追逐着那逃避它的目标",在所有这一类的句子之中出类拔萃。

生命之箭和普通的弓矢并不一样,它好像是某种空对空飞弹,从战斗机上向敌机发射,敌机转弯它也转弯,穷追不舍,命中率极高。罗曼·罗兰当然不知道有这样的飞弹,可是他有想象力,用拟人法,射出去的箭和目标捉迷藏。这就热闹好看,给我们更多的毅力和勇气。

那位设置"诺贝尔奖"的瑞典人,他的一生只是一支箭,这支箭射出去,目标是发明炸药,制造军火。那时炸药非常危险,他的工厂一再爆炸。陆地上不准他研究,他搬到船上;瑞典不准他研究,他搬到德国;德国的工厂又爆炸了,他搬到美国。每一次发生事故,有了阻碍,都刺激他产生新构想,有新发明。世事曲折,他这支箭也不是一头撞在南墙上,最后,曲线反倒是两点之间最快的距离。

那位号称"发明大王"的美国人,本是一个穷苦的孩子,别人看他根本没有条件做研究,可是他有,那就是"永远追逐着那逃避它的目标"。他在火车上做服务生,居然可以在那样狭小那样拥挤的空间里做实验,他在三年之中换了十个地点,他的研究居然可以在颠沛流离中没有中断。他研究灯泡,前后用了一千六百种材料,居然可以历经一千多次失败贯彻到底。目标在前面,看得见,它一直想甩掉你,别让它甩掉,只要一直看得见,终有一天够得着。

爱迪生说:"我们降世为人的那一天,社会就在每个人面前树起了一个巨大的问号,你怎样度过你的一生?"

朋友,你心目中可曾出现这样一个问号牌?爱迪生确实看见了这个问号,跟他同时代的人也都看见这个问号,这个问号牌很大很高,也可以说是一面碑,一堵墙。它是形象化了的压力,那年代,人总是谈到压力,认为自己应该接受压力,人要立志推倒压力,越过压力。现在我听说不一样了,现代人厌恶压力,回避压力,把压力当作灾难,在世为人根本不应该有压力。现代社会不敢在人人面前竖起这个巨大的问号,而是改成冷眼旁观,任你自己不知不觉陷入压力的迷雾之中。

人,因为要回答那个问号,强调人生要有目标,如何达到目标要有规划,托尔斯泰主张人的百年大计细细分割,一辈子有一辈子的目标,一个时期有一个时期的目标,一个阶段有一个阶段的目标,他甚至说一天有一天的目标,一小时有一小时的目标,一分钟有一分钟的目标。一分钟!你二十岁时候的一分钟就是为七十岁的那一年活着!这怎么可能!他只是强调惜寸阴,惜分阴,因为不可能,语言特别动人。

现在,我听说不同了,人生要像散步,随你兴之所至,父母不跟孩子谈规划,那样会戕害孩子的心灵。孩子们最重要的是快乐,然后是兴趣。美国以基督教立国,现在连教堂也避免谈到末日审判或终极救赎,热心颂赞上帝创造了花好月圆。只有学校的课程还是"一个小时有一个小时的目标,一天有一天的目标"。这样的教学方式也受到非主流的撞击,批评它机械化,让孩子难以自由发展。

朋友!真的是这个样子吗?如此这般,我也放心不下:你怎样度过你的一生?

小说接着说

《女教师》

德国作家褚威格的短篇小说，他的名字也有人译作茨威格。

我读的是沉樱女士的译文。这篇小说描写两个小女孩窥探大人的生活，发现她们的家庭教师跟她们的表哥恋爱，怀孕，既为负心男子遗弃，又遭保守的社会谴责，终于留书出走，在外面自杀了。小说家让我们透过十三岁小女孩的模糊懵懂去想象事实真相，十分精彩。

小说家告诉我们，两个小女孩爱她们的教师，非常同情教师的遭遇。"她们为了初次望见未来世界的一点真相感到惊悸。这未来的世界，她们不久就要走进去，而不知将有什么遭遇落到她们身上。她们想到即将来长大要过的生活，像是必须穿过的森林，其中布满了可怕的事物。"我想两个小女孩的认知未必到达这个程度，小说家借此谴责那个不公平的社会，我们读后还可以另有会心。

首先可以想到,年轻的女教师不该和相识未久的男子上床,在这方面男女并不平等,情势发展下来,女方完全居于劣势。即使今天避孕术很普及,未婚妈妈也有生存的空间,不平等的情势并没有多大改变。我知道这个意见很保守,今天的女孩子可以上街头呼喊:"只要我喜欢,有什么不可以!"我说过,你认为可以,也许你的父母认为不可以,也许你的医生认为不可以,也许你的牧师认为不可以,他们的意见仍然值得尊重。听说因为我有这样的主张,有些小弟弟、小妹妹不买我的书了,唉,我还是又说了一遍。

尤其是,在这篇小说里面,女方个性柔弱,没有独立的能力,完全要依赖男方解决问题,若是男子薄幸,女人立即陷入绝境。这时家长的态度冷酷,父母为子女(尤其是女儿)选家庭教师,教师的言行不能在男女关系上有任何瑕疵,恐怕直到今天仍有这一条清规戒律。身为受害人,说"他"应该负起责任,"你"应该主持公道,那有什么用处?"应该"是一回事,"其实"是另一回事,这个社会不是理想国,我们不能活在别人的"应该"里。

《一杯茶》

英国女作家曼斯菲尔德的短篇小说,沉樱女士中译。

小说主角是一个有钱的太太,丈夫宠她,所以她任性,商店的老板都巴结她,所以她自大,周围的人都忍她,让她,所以她不大懂得人情世故。不过她并不像二十世纪三十年代左翼作家笔下的富婆可厌可恨,仍然带着资本主义上流社会的幼稚可爱,当然,你得有高度,不嫉妒她有钱。

于是发生了下面的故事。马路边有一个褴褛瘦弱的小女孩挨近这位有钱的太太,向她乞讨能够喝一杯茶的钱,暮雨中,小女孩全身湿透了。这位太太忽发奇想,她要为这个小乞丐创造奇迹,做一件舞台上见过、书本上读过的事情,带着小女孩回家喝茶,两人一同上了马车。

她告诉丈夫,她要把这个小乞丐留在家中,改变命运。丈夫把妻子引到书房,称赞女孩美丽,而且提议他们夫妇当天晚上就带着小女孩一同到外面去晚餐。美丽?这位太太出乎意料,她连忙回到自己的房间察看,那个小女孩经过火炉的烘烤,喝了热茶,吃了精美的点心,到底是年轻人,逐渐恢复了红颜。这位太太连忙拿出几张钞票打发小女孩走开,再也不提她的奇思妙想。

小说故事以"一杯茶"发动,"一杯茶"刹车,结构严密。我们在这里不谈这个,请注意,小说中的丈夫显然认为太太荒唐,但他没有正面反对,他知道女人不能容忍一个更年轻更漂亮的女孩留在丈夫身边,采用迂回战术,攻其所必救。方法简单,复杂的问题迎刃而解,小说的结尾不俗,留给我们的回味深长。从这个角度看,这篇小说的主人公是这位丈夫。

反省一下,我们那些解决问题的方法是否太笨了?费尽力气去解决一个问题,反而引起两个问题,庸人自扰。聪明人应该怎样做?我不能一一替你设计,我不是张良陈平。我可以建议你多看注重情节的小说和戏剧,请注意,我说注重情节,有些作品是反对情节的。在那里面,作家负责给剧中人制造难题,紧接着以举重若轻的方法解决,以急转直下的方式解决。那些方法未必可以复制,但是可以开窍。

《午饭》

英国作家毛姆的短篇小说,并非他最好的作品,但适合做我们的"谈助"。

恕我夹叙夹议。在毛姆写的这个故事里,"我"是一个穷困的年轻作家,只身在巴黎奋斗,全部财富只有八十个法郎,(八十法郎是多少钱,读了下文自然知道。)有一天,"我"接到素不相识的"她"来信,自称是读者,某日道经巴黎,希望和慕名的作家见面,问"我"是否能和"她"在富约饭店吃一顿饭。富约饭店是非常豪华的消费场所,"我"从来没去过,一看这封信就该知道来者不善,婉言拒绝。但是"我"还年轻,不懂得对女人说不,(我也在这里加个括号,现在很多年轻人都懂得了。)经过一番猜测盘算,还是答应了。

中午,两人在富约饭店见面。菜单上的价目很贵,超出"我"的想象。偏偏"她"又点了那没有标价的海鲜,这种菜等你吃完了再漫天要价,宰杀顾客。这时候,"我"更不懂得怎样说"不",任她装模作样,刚上市的鲑鱼、鳣鱼卵、香槟酒,点了这个点那个,正餐之后还点了芦笋,新鲜的桃子,全部吃光。请勿忘记这是午餐,她居然有这么大的食量。点菜进餐这一幕是小说的精华,当年学习小说写作的重要教材,按下不表。且说"我"结账,用尽了所有的八十法郎,只能付寒碜的小费。

我不知道毛姆写这篇小说的用意是什么,我在这里谈它,因为想起女孩子常常想些办法捉弄男孩,男孩说,我请你吃饭好不好?你有权力拒绝,你没有权力带三个女伴一同前往,占据一张桌子,喧哗笑闹,故意叫了最贵的、最多的菜,暴殄天物。

毛姆的态度也不厚道,这篇小说写到结尾,许多年后,"我"又和"她"相遇,这时候,"她"的体重是三百磅,臃肿难堪,"报应终于来了","我"看到那结果觉得快意。这个境界不高。

《爱情与面包》

瑞典作家斯特林堡的短篇小说,他也是剧作家和画家,在戏剧方面成就最大,号称"世界现代戏剧之父"。不过他的剧作在中国没有产生很大的影响,他的小说也没进入翻译文学的主流。二十世纪五十年代初期,台湾书商翻印他的作品,挖掉译者的名字,我在那时候读到他的一些短篇小说。可能因为他同时是一位戏剧家,他的小说叙述简洁,节奏明快,高潮起落,对话尤其写得好。

《爱情与面包》的三个人物是女婿,女儿,岳丈。年轻人的男子到未来的岳父家求婚,热心诉说一对小情人的感情有多么好,老头子只是冷冷地追问他一个月挣多少钱。一个青年,毫无接受现实生活的准备,却要去挑生活沉重的担子。在得到岳丈的允许之后,女婿看房子,挑家具,以低收入购买高档产品,买了这个买那个,还雇了厨子。他也举行了漂亮的婚礼,一个强调爱情忽视金钱的人,他巩固爱情的方法却是大量花钱,这就有了危机。他的一切开支都是从借债得来,等到新娘怀孕,生女,还债的日期也接踵而至,丈人的帮助可一不可再,于是破产。岳丈来把女儿和婴儿带回去,女婿一人在家:"眼睁睁地对着那些债主,把家里所有的东西拿得干干净净,椅子、桌子、红木的床、刀、叉、盆、碟、碗、壶……"

年轻人到了"适婚"的年龄,应该结婚,一般认为是大学毕业了,二十多岁。如果没有机会受完整的教育,或者学校教育并不能使他找到工作,那就要考虑晚婚。晚婚有很多缺点,不必细表,他们依然可以按"时"成婚,但是两人要有共识,婚后勤奋工作,过俭朴的生活。只要勤奋工作,两个人一同挣钱比分开个别挣钱容易;只要过俭朴的生活,两个人一同花钱比分开各自花钱节省。至于孩子,现代人懂得计划生育。结婚是兴家开始,兴家是艰难缔造。《爱情与面包》里面的小两口儿,以为结婚是兴家的完成,是生活水平的大跃进,是凡夫俗子羽化登仙,"天天过快活的日子,跳舞哪,宴会哪,午餐哪,晚宴哪,看戏哪,"妻子和丈夫志同道合,每天睡到日上三竿还懒得起床,根本不曾系起围裙拿起铲勺。

《同时追两兔,到头一场空》

契诃夫的小说,汝龙中译。契诃夫,不必再介绍了吧,我们用今天的眼光看,他的短篇多半很长,我不选他最有名的,我选他比较短的,这一篇大约四千字。

且说当年俄国某地住着一位退休的少校,彼时彼地,这种人有些势力,难免作威作福。这天他太太惹他生气,他想给太太一顿痛打,就带着太太坐自家的小船去游那个僻静的湖。船到湖心,少校拿出预藏的短鞭,不料短鞭反被太太抢去。就在这个时候,小船翻了,夫妇俩在水里喊救命。——也就在这时候,乡公所的文书某君听见喊声,入水救人,某君曾经做过少校的管家,他的妹妹至今还是少校太太的侍女。救星来了,少校太太说你先救我,我嫁给你,少校说你先救我,我跟你的妹妹结婚。某君一听,自己能娶少校的太太,自己的妹妹又能嫁给少校,那有多好!就把少校夫妇一起拖到岸上。

结果呢,结果是少校夫妇到了岸上立即拥抱痛哭,结果是少校运用影响力,乡公所开除了那个文书,结果是那个文书的妹妹也被少校太太赶走,结果是那个文书独行湖畔叹世人忘恩负义。小说的题目是《同时追两兔,到头一场空》中国也有一句老话:"逐二兔者,不获一兔。"劝人不要太贪心,同时追求两个目标,你的努力可能相互抵消,契诃夫把这个意思做出巧妙的诠释。但是我要说的不是这个。

东汉的崔瑗写过一篇《座右铭》,其中两句:"施人慎勿念,受施慎勿忘。"这本是中国古老的思想,崔瑗做了最好的变奏。施者、受施者各有各的道德,两者并不互为条件。现在要咀嚼的是第一句,为什么救了别人、帮了别人,不能记在心里?因为"施者"有道德的优势,必须收敛潜隐,以免受施的一方觉得受到欺凌,你必须再也不提那件事,永远忘记那件事,由若无其事到并无其事,你和受施者才可以两大无猜,坦然相处。否则,受施者怕你,忌你,躲着你,否定你,以"忘恩负义"维持自尊。有人慨叹,为什么总是帮助了一个朋友就失去一个朋友,希望他能看见这篇短文。

有人主张(还是现代有名的学者呢),不要去帮助别人,他们甚至劝天下父母不要帮助成年的子女。现在回头看契诃夫的小说,文书某君看见少校夫妇落水,他有救溺的能力,如果他置之不顾,后事如何?他的处境会更好吗?如果少校脱险,饶得了他?如果少校夫妇淹死,法律会放过他?不用说,还有自己的良心,社会的清议。想来想去还是依赖中国古者的智慧吧,施人慎勿念,咱该怎么做就怎么做,不管别人,这叫"尽其在我"。

《一败涂地》

契诃夫的小说,写一个穷小子去说服他的未婚妻,你嫁给我以后要过穷日子,那种日子你过不下去。未婚妻说我有嫁妆,穷小子说这一辈子很长,你的嫁妆支持不了多久。小说约四千字,大部分篇幅写穷小子反复陈词,未婚妻本来爱他,没有世故经验,对婚后的生活充满幻想,经不起他循循善诱,层层揭破,最后,他终于把她说服了,她承认自己不适合做他的妻子,取消这一门亲事。他这样做,本来是想得到她的尊敬,可是结果,他连她的背影也看不见了。小说在穷小子的后悔中结束,他自问,也好像问读者:现在,我该对她说些什么或做些什么呢?

朋友,你打算怎样回答？我认为这位穷朋友不必后悔,娘家富,婆家穷,在古代中国产生了许多贤妻良母,在现代恐怕要产生怨偶婚变。到了现代,婚姻仍然以感情为本,它还有上层建筑,如果不是门当户对,就得志同道合。我们见过一个中学毕业生和一个硕士结婚,见过一个司机跟一个富婆结婚,除非他们有共同的志趣,我们不鼓励。

这也不是全部答案。想当年我认识一个穷小子,他交了一个有钱的女朋友,女方家长瞧不起纨绔子弟,鼓励他们交往。我们的穷朋友对那富家千金说,你跟我来往,要过跟我一样的生活。我们在一起的时候你要穿平底鞋,劳动者的鞋。你跟我一起出门要去挤公共汽车。我们看电影要买最后十排廉价票。我们吃饭要吃快餐店里的饭盒。他说让你看清楚,这是我的生活方式,如果我们结婚,我不会接受岳父的资助改变,只能由我们一同奋斗。你可以慢慢地想,能不能由你的生活方式进入我的生活方式。他的女朋友说好好好,一切由你导演。

这也不是全部的答案。读契诃夫的这篇小说,我们知道富家女有三万卢布陪嫁。以这笔资金做基础,新郎应该做一个计划,逐步改善经济生活。那个卖牛奶的小女孩还会想到鸡生蛋、蛋又生鸡呢,怎么契诃夫笔下的这个人物只想到坐吃山空?这也未免太没有志气了吧?

《项链》

法国作家莫泊桑的代表作。莫泊桑号称"短篇小说之王",当年我们那些文艺小青年都喜欢他,他是写实主义大师福楼拜的学生,使我们相信文学创作是可以学习的。

《项链》写一个小职员的妻子厌弃自己的生活,"梦想那些丰盛精美的筵席,梦想那些光辉灿烂的银器,梦想那些绣满仙境般的园林和古装仕女以及古怪飞禽的壁衣,梦想那些用名贵的盘子盛着的佳肴美味,梦想那些在吃着一份肉色粉红的鲈鱼,或者一份松鸡翅膀,带着朗爽的微笑去细听的情话。"丈夫为了讨她的欢心,弄到一张部长的请柬,带她去参加一个豪华的大宴,她反而更烦恼,烦恼自己没有好看的衣服和名贵的首饰。她向有钱的朋友借来一付钻石项链,宴罢归来,发现项链不见了,中途遗失了。这小两口子只好到处借钱去买了一副项链来归还,为了还债,他们做了十年的苦工。十年以后原主告诉也:当初出借的钻石首饰是假的。

当年文学先进对这个故事的解释是:显示上流社会和基层人民生活水平悬殊,谁想逾越本分,谁受到惩罚。我们今天换位思考,古事今说。如果是你,如果是我,会不会向人家借项链呢? 在我生活的社会里,为了做伴娘向朋友借首饰,为了做司仪向朋友借衣服,其事常有,就像为了演戏向人家借道具、借行头,不要为了应付一时的场面花大钱去买长期搁置无用的东西,这不是虚荣,而是务实。如果是你,如果是我,向人家借项链的时候,总会问一问它值多少钱,价值非常昂贵的首饰我们不借,人家也不会把价值非常昂贵的首饰借给我们。

如果是你,如果是我,发现遗失了项链,应该怎么办呢?最合理的假设是立刻去告诉原主,要求宽限归还,而且保证负责,这时候,原主应该会立刻说明钻石是假的,那样,你我就不必"签了许多借据,订了许多破产性的契约,和那些盘剥重利的人,各种不同国籍的放款人打交道",去筹足三万六千法郎,损害了我们的后半生。

为了还债,十年辛苦不寻常,"她已经变成了贫苦人家强健粗硬的妇人",又和当初出借项链的朋友相遇,谈起往事,项链的原主抓住了这位穷朋友的两只手:"唉。可怜的玛蒂尔德,不过我那一串项链本是假的,顶多值五百法郎!"小说至此戛然而止,读小说,我们喜欢这样的结尾,谈做人,如果项链的原主是你是我,大概要把借项链的人请到家中,取出当年的那副项链,对她说:"你拿回去吧,把它卖掉,还给我五百法郎!"

(以上两篇选自《滴青蓝》,北京商务印书馆出版)

打电话

（电话铃响了）

一般电话机的声音，都差不多；可是，打电话的人，说话的方式千变万化，有时候简直让你意想不到。

下面是甲乙两人打电话：

（电话铃响）

甲：喂！

乙：喂！

甲：你是哪儿？

乙：你是哪儿？

甲：我问你是哪儿！

乙：我问你是哪儿！

甲：你这个人是怎么回事？到底你是哪儿？

乙：我呀，我是你姥姥家！

（啪嗒一声挂断电话）

这是很奇怪的现象，谁也不肯先说自己是哪儿，双方都愿意别人暴露，自己隐藏。其实隐藏有什么好处？暴露又有什么坏处？这两个人忘了自己打电话的目的是什么。打电话不就是希望别人知道你是哪儿吗？再说，打电话、接电话，双方都是为了通讯，为什么要故意制造阻塞不通呢？

会使用电话的人，可不是这样。

（电话铃又响了）

甲：这是李公馆。

乙：我是松江路的王公馆，李先生在家吗？

你看这有多方便，不是马上就可以通讯了吗？

说起来，任何事情都有他的原因。有些人拿起电话来，坚决不肯透露自己是谁，好像谁先说明身份，谁就吃亏，这种情形，也不是完全没有原因的。不知道你有没有这样的经验？

（电话铃响了）

甲：喂，这是赵公馆。

（啪嗒一声，对方把电话挂断了）

（电话铃又响了）

甲：喂！赵公馆。

（啪嗒一声，对方又把电话挂断了）

（电话铃打第三次）

甲：喂，你打哪儿？

乙:倒霉！又是你！

(重重地挂上电话)

如果这样的事情碰上几回,他以后再接电话,当然学乖了。没有弄清楚对方的意图,他是不会多说什么了。

打电话的人还会碰到一种情形:

(电话铃声)

甲:喂,你打哪儿？

乙:我打天昌贸易公司。

甲:你找谁？

乙:我找白经理。

甲:你找他有什么事？

乙:我是他的亲戚。

甲:你跟他什么关系？

乙:白经理到底在不在嘛？

甲:告诉你,这儿没有白经理。

乙:啊？你们这里不是天昌贸易公司吗？

甲:我们这里不是,你打错了。

你看,碰上这样的人,这才叫做真正的倒霉。上过几次当以后,再打电话,除非先弄清楚对方的身份,他是不会再多说什么了。这些情形,都非改善不可。

打电话可以决定我们对一个人的印象,也可以决定我们对一个机构的印象。有时候,你打电话到某一个地方,电话铃响了半天,还没有人来接。

　　(电话铃持续响着)
　　甲:(很不耐烦地)讲话啊!
　　乙:你是某某公司吗?
　　甲:嗯,怎么样?
　　乙:请你接三十五号。
　　甲:等一等!
　　乙:好,等一等。

可是这一等,就永远没有下文。

有些机构的情形就不一样。

　　(电话铃响了)
　　甲:三明治食品公司,请指教!

你会觉得这是一个很有前途的地方? 朝气蓬勃。

打电话有时候会错号,错号是现代生活的一种困扰。错号发生的原因,有时候是打电话的人记错了号码。没有把号码查清楚就打电话,当然是不应该的,这等于没有看清门牌号码,就乱按人家的电铃,只顾自己方便,不顾人家的安宁。但是,情形不可一概而论。有时候,人在外面有急事,要打电话给一个什么人,或者什么机构,心情紧张,忙中有错,是可以原谅的。在这种情形之下,甚至打电话的人,明明知道号码不准,拨一次碰碰运气,也未尝不可以同情。有一次,我打电话给台大医院,拨错了号码,接电话的人不但没有生气,反而把正确的号码告诉我,因为他知道那个号码。对于一个需要跟医院紧急通话的人来说,这真是一件好人好事。错号发生的原因,除了打电话的人拨错之外,电话机本身也可能发生错误。有时候,你拨的号码明明是对的,可是差之毫厘,谬以千里,甚至于打到殡仪馆或者消防队去了。这对于打电话的人,也是一种痛苦。

所以,有人拨错号的电话,你用不着发火,只要告诉他打错了就行了。接到错号的电话也不必悻悻然挂断,一句话也不说,那样对方不知道错号,会再打过来,接电话的人还是要再麻烦一次。至于打电话的人,一旦发觉错号,不论是出于那一种原因,自己都要赶快道歉。有的人打电话,一听对方说是号码不对,自己赶紧挂断,连一句"对不起"也不肯说,这可未免太对不住人家了。

电话错号一旦发生,最合理的情况,应该是这样的:

（电话铃响了）

甲：这儿是赵公馆。

乙：请问您是不是一二三四五号？

甲：不对，这是一二三四六号。

乙：对不起，打错了。

甲：别客气。

（双方挂断电话）

打电话和接电话，双方都要保持适当的礼貌。所谓适当的礼貌，就是既不失礼，也不过分。过分客气使人觉得虚伪，失去了礼貌的意义。更重要的是过分客气浪费很多时间，不但浪费自己的时间，也浪费几百、几千人的时间。双方通话的时间拉长，占住线路，有很多需要在这条线路上通话的人，受到阻碍，而这种阻碍却是不必要的。现代人的电话礼貌，可以靠三句话来维持，第一"对不起"，第二是"谢谢"，第三是"请"。请，谢谢，对不起，在英文里面都只有一个字，合起来是三个字，所以有人说，这是电话礼貌的三字经。这本经很好念，半分钟就可以学会，只要你记得使用它，可以终身受用无穷。电话铃响了，你拿起话筒，听见对方说，"你是张公馆吗？"当时是一种感受、一种气氛。如果对方多加两个字，"请问你是张公馆吗？"这费不了多少事，要不了多少时间，但是听在你的耳朵里，你的感受完全不同。同样的理由，打电话到某某公司里去，找某某人不在，你希望他的同事叫他回电话,如果你在适当的地方加一句谢谢,那是一种效果;如果你根本忘了这句话,那可能又是另一种效果。谢谢两个字,不会延长你们谈话的时间,完全配得上现代生活的节奏,但是,也完全表达了你应有的礼貌,发挥了礼貌的作用。

谢谢,对不起,这一类的话不可不用,也不可用得太滥,太滥也会失去效用。有人喜欢说谢谢,在短短的一次通话当中,说上七八次,听在耳朵里,也是很腻的。有人在接电话的时候,发现对方拨错了号码,连忙跟对方说,"对不起,你打错了。"他自己拨错了号码,你又有什么对不起他的地方呢?很多人相信礼多人不怪,这要看你对"多"字怎样解释。在这里,多是周到的意思,礼貌能够周到就好,超过分寸未免有礼无节,失去了礼的本意。

电话礼貌的第二个要素,是适当的声调。声调很奇妙,它的本身可以产生种种意义。一句有礼貌的话,写在纸上,用眼睛看,的确很有礼貌;但是,念给耳朵听,就不一定,因为声调的变化可以改变它的意义。"谢谢你"可以表示接受,也可以表示冷淡的拒绝。"对不起"可以表示歉意,也可以当作逐客令。电话是纯粹诉之于声音的工具,接话的人看不见对方的表情,对声音特别敏感。一种温和的声调,本身就充满了友好的气氛,几乎可以不发生礼貌的问题。

所以,打电话声音不必太高。嗓门太高,听起来难免给人傲慢的印象,纵然夹带着谢谢或者对不起,也不能抵消。今天有些人打电话,偏偏喜欢提高声音。形成这种习惯有两个原因:(1)打电话的人,在心理上觉得他跟对方隔得很远,唯恐对方听不清楚,不知不觉把声音提高了,失去自然。(2)若干年前,电话的器材线路不够好,通话的时候,杂音很大,非提高声音不可,有时候想在电话里把一件比较复杂的事情交代清楚,要喊得声嘶力竭。现在电讯事业进步了,不论双方隔多远,轻声细语,照样可以传到;但是,有些人在往年打电话时养成的习惯,不容易改掉。声调上的这种缺点,是可以改正的,只要我们把这种过于高亢的声音改过来,电话礼貌的问题就解决了一大半。

电话是一种求速、求简的工具。有人使用电话,只记得求速,忘记了求简,拨一个电话号码,可以抱住电话听筒,说上几十分钟,这真是可怕的浪费。想说明一件简单的事情,应该用电话,说明一件比较复杂的事情,就应该写信,如果事情再复杂一些,那就最好是面谈。

(电话铃响了)

甲:喂,我是明兰!

乙：明兰，我是大强！

甲：你看今天的英文报了没有？

乙：没有。

甲：上面有一篇文章，谈到国际贸易，对你也许有一点用处。

乙：我家里没订英文报。

甲：我把我家里的这一份寄给你。

乙：太好了，谢谢你。

甲：不客气，再见。

（电话挂断。隔了一会儿电话铃又响了）

乙：我是大强！

甲：大强，你有什么事？

乙：明兰，听说王大哥要跟人家打官司。

甲：我也听人家说。

乙：是怎么一回事啊？

甲：这件事情说来话长。

乙：这件事情我很关心，我现在马上到你这儿来，请你详详细细地告诉我。

甲：好的，你来吧，我等你。

（双方挂断电话）

听见了吧,这才是会利用电话的人。想做一个会打电话的人,打开《生活须知》,找找看,在"一般守则"的第二大项第四条,专门谈到打电话的问题。上面说,打电话时要说明己方姓名,如拨错号码,宜表示歉意。接到电话,先答己方姓名,如接话人外出,应听明转告。使用电话,应问答简明,声音不宜过高,时间不可过长。再看"一般守则"第八项,里面有一条是说要注意礼让,不要忘记说个"请"字。接受任何人的帮忙服务时,不要忘记说声"谢谢",自觉不周到处,应该说"对不起"。

把这些规则记在心里,灵活运用,他就不仅是一个会打电话的人了。